Luzie Bosch

Sunshine Ranch

Falsches Spiel mit Hannah

W0292354

„Luzie Bosch“ ist das Pseudonym von Gina Mayer, die bereits eine Vielzahl an Romanen für Kinder, Jugendliche und Erwachsene veröffentlicht hat. Ihre Werke wurden u. a. für den Deutsch-Französischen Jugendliteraturpreis und den Hansjörg-Martin-Preis nominiert und mit dem Leipziger Lesekompass ausgezeichnet. Bevor sie mit dem Bücherschreiben begann, studierte sie Grafikdesign und arbeitete als Werbetexterin. Heute lebt Gina Mayer mit ihrer Familie in Düsseldorf.

Luzie Bosch

SUNSHINE RANCH

Falsches Spiel mit Hannah

Ravensburger Buchverlag

Als Ravensburger Taschenbuch
Band 54454
erschienen 2015

MIX
Aus verantwortungs-
vollen Quellen
FSC® C114500

Aktionsausgabe
© 2013, 2015 Ravensburger Buchverlag Otto Maier GmbH
Postfach 1860, 88188 Ravensburg
Umschlaggestaltung: Maria Seidel unter Verwendung von Fotos
von Fotolia/Foto-Biene und Thinkstockphoto/Aphotostory
Alle Rechte dieser Ausgabe vorbehalten durch
Ravensburger Buchverlag Otto Maier GmbH
Printed in Germany
ISBN 978-3-473-54454-7

www.ravensburger.de

Inhalt

Aus und vorbei

„It's over!"

Hannah duckte sich gerade noch rechtzeitig. Aus dem Wohnhaus der Sunshine Ranch flog ein Schuh. Er sauste haarscharf an ihrer Schulter vorbei und fiel einen halben Meter neben ihr zu Boden.

„Get your stuff and go!"

Der Hof war übersät mit Hosen, Socken, Hemden, T-Shirts und Unterhosen. Jetzt rannte Robert Hansen aus dem Haus. Ohne Hannah zu beachten, stürzte er sich auf die verstreuten Gegenstände und begann sie aufzusammeln. Gleich darauf warf er alles wieder zu Boden.

„Hol's der Teufel!", hörte Hannah ihn schimpfen. Er kickte einen Schuh ein paar Meter weiter, sodass die Perlhühner, die nach Körnern pickten, mit entsetztem Gackern auseinanderstoben. Dann stürmte er zu seinem Auto und brauste vom Hof.

„Is he gone?" Sue Mirador streckte den Kopf aus der Tür. Die rotblonden Locken der Ranchbesitzerin loderten um ihren Kopf wie Feuer, ihre Augen sprühten Fun-

ken. Als Hannah nickte, schleuderte sie wütend einen Rasierapparat auf den Hof. Das Plastikgehäuse zersplitterte. „*That's it*", sagte sie. „Das war's."

Hannah schluckte. „Was ist denn los?", fragte sie unsicher. Wenn Sue so wütend war wie jetzt, ließ man sie besser in Ruhe, das wusste sie so gut wie die anderen Pferdemädchen. Aber sie konnte ja nicht so tun, als ob nichts gewesen wäre.

„*Nothing!*", schrie Sue. „Überhaupt nichts!" Damit rannte sie zurück ins Haus und knallte die Tür hinter sich zu. Die Perlhühner, die gerade wieder angefangen hatten zu picken, gackerten empört und suchten das Weite.

„Wer macht denn hier einen solchen Radau?" Tori und Sina streckten den Kopf aus dem Stall.

„Boah!", machte Tori, als sie das Durcheinander auf dem Hof sah. „Was ist denn hier los? Warst du das?"

„Quatsch." Hannah deutete zum Haus. „Sue ist ein bisschen ... ausgerastet. Mannomann! Dass die Erwachsenen sich auch immer wie kleine Kinder aufführen müssen."

„Aber das sind nicht Sues Klamotten." Zum Beweis hob Tori ein Paar blau gestreifte Boxershorts auf.

„Nee. Ich glaube, die gehören Robert."

„Hat sie ihn rausgeworfen?", fragte Sina.

„Sieht so aus." Hannah zuckte mit den Schultern. „Schrecklich, oder?"

„Na, wenn du mich fragst, war das überfällig", meinte Tori.

Das war gemein, fand Hannah. Das Verhältnis zwischen Robert und Sue war niemals einfach gewesen, das wusste jeder, der die beiden kannte. Sie waren viel zu unterschiedlich. Die Ranchbesitzerin Sue war Amerikanerin, eine ehemalige Hollywood-Schauspielerin, groß, gut aussehend und sehr temperamentvoll. Der ruhige, kleine und eher unscheinbare Robert war der Grund gewesen, warum sie ihre Filmkarriere an den Nagel gehängt hatte und nach Deutschland gezogen war. Nach einer Weile hatte Sue aber die Scheidung eingereicht. Der Grund dafür waren Roberts ständige Eifersuchtsanfälle. Er konnte es einfach nicht ertragen, wenn Sue sich mit anderen Männern auch nur unterhielt.

Als Sue Robert vor einem halben Jahr eine zweite Chance gegeben hatte und die beiden wieder zusammengekommen waren, hatten sich Hannah und ihre Freundinnen zunächst sehr gefreut. Weil sie den lustigen, netten Robert nämlich alle mochten. Aber in letzter Zeit hatten sich die beiden nur noch gezofft. Nun hatte Sue Robert endgültig den Laufpass gegeben. Er hatte seine Bewährungszeit nicht bestanden.

„Also, ich kann Sue total gut verstehen", sagte Sina. „Ich würde ausrasten, wenn mir Viktor ständig grundlos irgendwelche Szenen machen würde."

„Und ich würd mir überlegen, ob ich ihm nicht mal

einen echten Grund zur Eifersucht gebe“, murmelte Tori.

Hannah schwieg. Seit Sina und Tori beide einen Freund hatten, wussten sie scheinbar alles über Beziehungsfragen. Hannah fand das längst nicht so klar und einfach. Aber sie hatte ja auch keine Erfahrung auf diesem Gebiet.

Soeben war ein staubiger Mercedes auf den Hof gefahren. Stefan Müller, der neue Verwalter der Sunshine Ranch, schob seinen langen Körper aus dem Wagen. Als er den Kofferraum öffnete, sprang sein zotteliger Mischlingshund Heinrich heraus, schüttelte sich ausgiebig und machte sich dann auf die Suche nach Washington, dem Ranchhund.

„Vor allem, wenn ich einen schnuckeligen Verwalter hätte wie Stefan“, fügte Tori noch hinzu.

„Meinst du, da ist etwas zwischen den beiden?“, fragte Hannah aufgeregt.

„Schsch!“, machten die beiden anderen.

Denn Stefan kam jetzt direkt auf sie zu.

„Hallo, zusammen! Alles okay?“

„Tach!“ Tori versuchte, die Männerunterhose, die sie immer noch in den Händen hielt, möglichst diskret hinter ihrem Rücken verschwinden zu lassen.

„Was ist denn hier los?“ Stefans Blick wanderte überrascht über die im Hof verstreuten Kleidungsstücke. „Große Wäsche?“

„So was Ähnliches“, sagte Sina. „Da würd ich jetzt nicht reingehen“, fügte sie hastig hinzu, als sie sah, dass Stefan auf Sues Haus zusteuerte.

Er hielt verdutzt inne. Man konnte fast dabei zusehen, wie die Gedanken in seinem Kopf ratterten. „Okay“, nickte er dann und ging stattdessen zum Stall.

„Meinst du wirklich, Sue steht auf Stefan?“, griff Hannah den Gesprächsfaden wieder auf, als der Verwalter im Stall verschwunden war. Nachvollziehbar wäre es ja. Stefan arbeitete erst seit ein paar Wochen auf der Ranch, aber bereits jetzt konnte sich keiner mehr vorstellen, wie es jemals ohne ihn gegangen war. Er kümmerte sich um die Buchhaltung, die Bestellungen und die Einkäufe, um die Organisation der Reitstunden und um die Tierarztrechnungen. Er brachte die Pferde zur Weide und bewegte sie, wenn Sue oder die Pferdemädchen keine Zeit dafür hatten, und er versorgte auch die anderen Tiere. Denn auf der Sunshine Ranch gab es nicht nur zehn Pferde und ein kleines Fohlen, sondern auch einen Esel, die Hängebauchschweine Horst und Klothilde, die Ziege Ilka und eine Unmenge an Gänsen, Enten und Hühnern. Und natürlich Washington, den riesigen Neufundländer, der allerdings meistens schlief und mit Vorliebe den Menschen im Weg herumlag.

Tori lachte. „Keine Ahnung. Geh doch rein und frag sie.“

„Lieber nicht." Hannah seufzte. „Der arme Robert."

„Ach was", meinte Sina mitleidslos. „Er hatte seine Chance. Du hättest mal miterleben sollen, wie er neulich ausgerastet ist, nur weil Sue dem Futtermittelvertreter einen Kaffee angeboten hat. Und der Typ war um die sechzig und total fett. Ein Wunder, dass Sue das Spiel so lange mitgemacht hat."

Hannah seufzte dennoch noch einmal. „Kommt, wir räumen ein bisschen auf", schlug sie dann vor. „Das sieht ja schlimm aus."

Sie hatten die Kleider gerade in einen Wäschekorb verfrachtet, als die anderen Pferdemädchen auf den Hof radelten. Ayla, Juliana und Myriam besuchten zusammen mit Hannah, Tori und Sina die Klasse 7a des Friederike-Fliedner-Gymnasiums. Vormittags büffelten sie gemeinsam Mathe, Englisch und Deutsch, nachmittags trafen sie sich auf der Sunshine Ranch. Jede von ihnen hatte ein Pflegepferd, für das sie allein verantwortlich war, das sie ausritt, fütterte und pflegte.

„Eigentlich war es ja abzusehen", sagte Ayla, nachdem Tori ihnen erzählt hatte, was geschehen war. „Und vielleicht ist es sogar besser so."

„Das ist nicht wahr", widersprach Hannah empört. „Die beiden sind wie füreinander gemacht. Und Robert liebt Sue wirklich."

„Aber seine Eifersuchtsszenen wurden immer schlimmer“, bestätigte Juliana. „Dieses Gebrüll und der ständige Streit zwischen ihnen waren ja nicht mehr auszuhalten. Also, ich bin froh, dass die Geschichte endlich vorbei ist.“

„Komm schon, Hannah.“ Ayla legte Hannah tröstend den Arm um die Schulter, als wäre sie die Verlassene und nicht Robert. „Lieber ein Ende mit Schrecken als ein Schrecken ohne Ende. Vielleicht lernt Robert aus der Sache und wird endlich ein bisschen cooler. Oder er findet irgendwann eine Frau, die auf solche Szenen steht.“

„Ehrlich gesagt ist mir das ziemlich egal“, meinte Myriam. „Hauptsache, das Liebesdrama ist endlich beendet. Sue war völlig durch den Wind in der letzten Zeit. Hoffentlich kriegt sie sich langsam wieder ein.“

„Das hoffe ich auch“, stimmte Juliana ihr zu. „So geht's nämlich nicht mehr weiter. Gestern war eine Mutter mit ihrer Tochter hier, sie hatten eigentlich eine Schnupper-Reitstunde vereinbart. Sue hat sie eine geschlagene Stunde lang warten lassen, weil sie den Termin vergessen hat. Als sie dann endlich aufkreuzte, ist die Frau wütend wieder abgedampft.“

„Das ist echt blöd“, meinte Sina.

„Das ist nicht nur blöd, das ist eine Katastrophe“, prophezeite Myriam düster. „Wenn Sue nicht aufpasst, kann sie die Sunshine Ranch in ein paar Wochen dichtmachen.“

„Na, das ist ein bisschen übertrieben“, sagte Tori.

„Meinst du?“ Jetzt zog Myriam ein Zeitungsblatt aus der Tasche und faltete es auf. „Von euch liest wohl keiner die Lokalnachrichten. Mir ist heute Morgen fast der Müslilöffel aus der Hand gefallen, als ich das entdeckt habe.“ Sie hielt den Artikel hoch, sodass ihre Freundinnen ihn sehen konnten.

„Kingsize-Vergnügen“, las Sina vor. „Westernreiten für Groß und Klein.“

„Nächste Woche eröffnet an der Alten Landstraße hinter dem großen Neubaugebiet eine Super-Pferderanch“, erklärte Myriam. „Kingsize Ranch, der Name sagt ja wohl alles.“

„Ach, das ist doch ein alter Hut.“ Sina winkte ab. „Das hatten wir schon mal. Dieser Rudolf und seine McHopp-Reiterranch, wisst ihr noch? Da waren wir auch ganz durch den Wind, weil wir uns solche Sorgen um die Sunshine Ranch gemacht haben. Und dann war das Ganze nichts als heiße Luft. Nach drei Tagen wurde McHopp wieder geschlossen.“

„Das ist überhaupt nicht vergleichbar“, widersprach Myriam. „Dieser McHopp-Typ war ein Hochstapler, ein Betrüger. Wie der mit seinen Pferden umgegangen ist – und überhaupt. Aber bei dieser Kingsize Ranch sehen die Dinge ganz anders aus. Die wird superprofessionell aufgezogen.“

Hannah schluckte. Superprofessionell – das klang

nicht gut. Sue liebte ihre Sunshine Ranch aus ganzem Herzen. Aber strategische Planung, Organisation und Verwaltung waren nun wirklich nicht ihre Stärken. Myriam hatte Recht: Das Durcheinander auf der Ranch ging vielen Reitschülern mächtig auf die Nerven.

„Ach was", meinte Tori abfällig. „Ich würd nicht so viel auf den Artikel geben. Jonas sagt immer, dass die Journalisten gar nicht richtig recherchieren. Die schreiben immer genau das, was ihnen die Geschäftsleute vorgeben. Und hinterher ist alles nur halb so groß und schön und toll, wie sie es dargestellt haben." Weil der Vater ihres Freundes Jonas Journalist war, hielt Tori sich neuerdings für eine Expertin in allen Pressefragen.

Aber so leicht war Myriam nicht zu überzeugen. „Es ist ja nicht nur der Zeitungsartikel", gab sie zu bedenken. „Andreas Petersen, der Besitzer der Kingsize Ranch, ist im gleichen Tennisclub wie mein Vater. Und mein Vater ist ziemlich angetan von ihm. Er findet das Unternehmenskonzept der Kingsize Ranch total faszinierend. Wenn Sue nicht aufpasst, meint er, dann macht Petersen die Sunshine Ranch im Handumdrehen platt."

„Dein Vater", sagte Tori gedehnt und verdrehte die Augen.

„Was soll das denn heißen?", fragte Myriam gereizt.

„Ich will dir ja nicht zu nahetreten. Aber dein Vater hat vielleicht Ahnung von Banken und Versicherungen, doch nicht von Reiterhöfen. Die Sunshine Ranch gibt es schon seit vier Jahren. Und dieser blöde Kingsize-Hof hat noch nicht mal aufgemacht.“

Damit hatte nun wiederum Tori Recht, fand Hannah. „Das klingt vernünftig“, sagte sie. „Warten wir doch erst mal ab.“

Myriam zuckte mit den Schultern. „Na ja“, sagte sie spitz. „Ein bisschen Konkurrenz tut Sue auf jeden Fall ganz gut.“

Dann warf sie den Kopf in den Nacken und ließ die anderen einfach stehen.

„Wo willst du denn hin?“, rief Hannah ihr nach.

„Ich muss Camilla satteln!“, gab Myriam über die Schulter zurück. „Ich hab gleich Reitstunde.“

„Na, hoffentlich denkt Sue dran“, murmelte Tori.

Myriam ist sauer

Tori blickte in die Runde. „Ich treff mich nachher mit Jonas. Wie wär's vorher noch mit einem kleinen Ausritt?"

Hannah schielte auf ihre Armbanduhr. Gleich halb vier. Eigentlich hatte sie vorgehabt, früh nach Hause zu gehen, um Französisch zu lernen. Ayla und Juliana hatten sich schon verabschiedet, weil sie büffeln wollten. Für morgen war nämlich ein Test angekündigt. Im letzten Halbjahr war Hannah von einer guten Drei auf eine schlechte Vier gerutscht und ihre Eltern hatten nicht ganz Unrecht, wenn sie ihre schlechten Noten auf die Ranch schoben. „Du verbringst einfach zu viel Zeit mit der Reiterei", schimpfte ihr Vater immer.

Ach was, ein kurzer Ausritt konnte nicht schaden.

„Ich komm mit", sagte Hannah.

Sina schloss sich ihnen an. Als sie zur Koppel gingen, um ihre Pferde zu holen, kam ihnen Myriam mit der Fuchsstute Camilla entgegen.

„Wir machen einen Ausritt", erklärte Tori ihr. „Kannst gerne mitkommen, wenn du Lust hast."

„Ich hab doch gesagt, dass ich gleich Reitunterricht habe."

„Ich mein ja bloß", sagte Tori. „Kann ja sein, dass die Stunde ausfällt. Sue ist gerade ziemlich durcheinander."

„Das würde ich ihr aber nicht empfehlen", meinte Myriam kühl und führte Camilla in Richtung Roundpen.

„Meine Fresse, wie ist die denn drauf?", murmelte Tori.

Das fragte Hannah sich allerdings schon länger. Myriam war ihre beste Freundin, aber in letzter Zeit war sie wirklich anstrengend. Vor zwei Wochen war sie fast in Tränen ausgebrochen, weil sie in Mathe statt ihrer üblichen Eins eine Zwei plus geschrieben hatte. „Das macht mir doch den Schnitt total kaputt", hatte sie gejammert. „Ich will dieses Jahr unbedingt eine 1,0 schaffen."

„Warum?", hatte Hannah voller Verwunderung gefragt. „Was für einen Unterschied macht es, ob du einen Durchschnitt von 1,0 hast oder 1,5? Ich bin froh, wenn ich überhaupt versetzt werde."

„Ich hab mir halt vorgenommen, dass ich dieses Jahr nur Einsen im Zeugnis habe", hatte Myriam erklärt.

Aber das stimmte nicht, dachte Hannah jetzt. Sie war überzeugt davon, dass es nicht Myriams Ziel war, das beste Zeugnis aller Zeiten zu schaffen. Es war das Ziel ihres Vaters. Herr Frey war ein erfolgreicher Unternehmensberater. „Und die gleiche Zielstrebigkeit erwarte ich auch von meinen Kindern“, hatte er Hannahs Mutter einmal erklärt. „Ich möchte, dass Myriam es in ihrem Leben zu etwas bringt.“

Unter *Zielstrebigkeit* verstand er beispielsweise, dass Myriam jedes Jahr Klassenbeste wurde. Und Myriam erfüllte seine Erwartungen. Nicht indem sie verbissen büffelte und Tag und Nacht lernte. Das Lernen fiel ihr einfach unglaublich leicht. Sie musste die Französischvokabeln nur einmal kurz durchlesen und beherrschte sie danach im Schlaf. Sie verstand die Matheaufgaben, bevor ihr Lehrer auch nur damit begonnen hatte, sie zu erklären. Sie merkte sich Jahreszahlen und Chemieformeln, Gedichte und Grammatikregeln im Handumdrehen. Sie lief im Sportunterricht Bestzeit, sprang weiter und höher als die anderen und malte im Kunstunterricht die schönsten Bilder.

Zu allem Überfluss war sie auch noch hübsch. Leute, die sie beide nicht kannten, hielten die große, schlanke Myriam immer für Hannahs ältere Schwester. Sie hatten die gleichen dunkelbraunen Haare, aber Myriam wirkte so viel reifer und erwachsener als Hannah mit ihrem runden Gesicht, ihren roten Wangen und der braven Ponyfrisur.

Myriam war schön und klug und ehrgeizig, aber sie war keine Streberin. Oder vielmehr: Bisher war sie keine Streberin gewesen. In den letzten Wochen hatte sich irgendetwas verändert.

„Sie ist ganz versessen darauf, bei diesem großen Westernturnier in Aachen mitzureiten“, erzählte Sina, während sie den Stall betraten. „Die Qualifizierung ist in fünf Wochen. Myriam hat Angst, dass sie sie nicht schafft, wenn ständig die Stunden ausfallen.“

„Natürlich qualifiziert sie sich“, meinte Tori verständnislos. „Die reitet doch supergut. Sie soll zwischendurch lieber mal ein bisschen chillen.“

„Wenn die Stunden ausfallen, bleibt mehr Zeit für Geländeritte. Das ist doch ohnehin viel schöner“, hatte auch Hannah kürzlich zu Myriam gesagt.

„Auf den Ausritten lerne ich aber nichts“, hatte Myriam entgegnet. „Und ich will langsam mal weiterkommen beim Reiten. Es ist schon über ein Jahr her, dass ich mein letztes Turnier geritten bin.“

„Stefan will Sue vorschlagen, dass sie so schnell wie möglich einen Reitlehrer einstellt“, berichtete Sina jetzt. „Das hat er mir gestern erzählt.“

„Hoffentlich ist Sue einverstanden“, meinte Tori. „Sonst wechselt Myriam nämlich nächste Woche zu Kingsize. Wo ihr Vater doch so begeistert von dem Unternehmenskonzept ist.“

Die anderen kicherten, nur Hannah konnte nicht so richtig mitlachen. Sie hatte ein ungutes Gefühl. Kannte sie ihre beste Freundin überhaupt noch?

Die Mädchen führten die Pferde zum Platz vor dem Stall und holten das Zaumzeug aus der Sattelkammer. Hannahs Pflegepferd Acapulco scharrte freudig mit dem Vorderhuf, als Hannah ihm die Satteldecke überwarf. Acapulco war ein Appaloosa-Wallach, den Sue vor drei Jahren aus einem Frankreichurlaub mit nach Hause gebracht hatte. Sie hatte das Westernpferd auf einem völlig verwahrlosten Bauernhof entdeckt und ihm das Leben gerettet, indem sie ihn seinem Besitzer abgekauft hatte. Hannah erinnerte sich mit Gruseln daran, wie Acapulco damals ausgesehen hatte. Er war so mager gewesen, dass sich sein schwarz gesprenkeltes Fell wie der Bezug eines Regenschirms über die Rippen gespannt hatte. Über ein halbes Jahr hatte Hannah ihn gepflegt, bis er stark genug war, dass sie ihn zum ersten Mal reiten konnte.

Heute sah man dem prachtvollen Wallach nicht mehr an, dass er so lange zwischen Leben und Tod geschwebt hatte. Hannah zog den Sattelgurt fest und klopfte ihm den Hals. „Ich hol noch rasch meinen Helm, dann kann's losgehen."

Sie waren gerade aufgestiegen, als Myriam mit Camilla wieder vom Roundpen zurückkam.

„Sue hat dich versetzt", meinte Tori sofort, als sie ihr Gesicht sah.

„Ich hab so was von genug!", schimpfte Myriam. „Jetzt fällt der Unterricht zum dritten Mal in Folge aus.

Und Sue hält es nicht mal für nötig, mir Bescheid zu geben, dass sie nicht kommt. Was glaubt die eigentlich, wer sie ist?"

„Das ist echt unmöglich", gab Sina zu. „Aber wart's ab, in ein paar Wochen ist sie wieder ganz die Alte. Wenn sie erst den Ärger mit Robert überwunden hat…"

„In ein paar Wochen ist es aber zu spät für mein Turnier", zischte Myriam. „Und ich hab wirklich keine Lust, mir wegen Sues Liebeskummer alle Chancen zu vermasseln."

„Willst du nicht mit uns ausreiten?", versuchte Hannah das Thema zu wechseln. „Camilla ist doch schon gesattelt …"

„Nee, danke! Mir ist die Lust vergangen!"

Myriam zerrte Camilla in den Stall, um sie abzusatteln. Die Stute wieherte kläglich. Sie hätte die anderen nur zu gerne begleitet, aber nach ihrer Meinung fragte ja keiner.

Als Hannah, Tori und Sina über eine Stunde später wieder auf den Hof trabten, waren die drei Pferde schweißbedeckt.

„Herrlich", sagte Sina. „Es geht doch nichts über einen schönen Ausritt. Das hebt die Stimmung." Sie verzog das Gesicht. „Da fällt mir ein – ich hab Sue versprochen, heute bei den Hängebauchschweinen auszumisten."

„Igitt“, meinte Tori.

„Das kannst du laut sagen.“

„Wenn du willst, kann ich Janko für dich fertig machen“, bot Tori an. „Ich hab noch eine halbe Stunde, bis ich mich mit Jonas treffe.“

„Das wär super!“

Hannah schluckte. Wie gut sich Tori und Sina jetzt wieder verstanden, nachdem sie sich fast ein Jahr lang nur noch angegiftet hatten. Vielleicht sollte sie sich mit Myriam auch einmal richtig aussprechen, so wie Tori und Sina das getan hatten.

Als sie die Pferde in ihre Boxen im Stall führten, hievte Myriam gerade den Sattel von Camillas Rücken.

„Was machst du denn noch hier?“, erkundigte sich Hannah überrascht. „Hat Sue dich doch trainiert?“

„Ach die!“ Myriam winkte verächtlich ab. „Nee, Hannes war mit mir im Roundpen.“

„Echt?“ Hannes war Stefan Müllers Sohn, der seit Kurzem ebenfalls auf der Sunshine Ranch ritt. Er ging in die Parallelklasse der Pferdemädchen. Früher hatte Hannah ihn immer übersehen, weil er recht klein und still war. Aber inzwischen hatte sie herausgefunden, dass er total nett war.

„Hannes ist früher Westernturniere geritten, wusstest du das nicht?“, fragte Myriam. „Er war schon beim German-Reining-Turnier dabei und hat den zweiten Platz gemacht.“

„Wow!“ Hannah war beeindruckt. „Davon hat er mir nie was erzählt.“ Natürlich nicht. Hannes war nicht der Typ, der mit seinen Leistungen prahlte. „Aber Reining ist doch gar nicht deine Disziplin.“

Myriam trainierte seit Monaten für den Trail, weil das auch Sues Spezialdisziplin war. Im Gegensatz zum Reining, bei dem es auf spektakuläre Übungen wie Sliding Stops und Spins ankam, ging es beim Trail hauptsächlich um Geschicklichkeitsübungen. Wie die echten Cowboys mussten die Reiter aus dem Sattel heraus Tore öffnen oder ihr Pferd über Holzbrücken und andere Hindernisse bewegen.

„Jetzt schon“, meinte Myriam. „Also zumindest will ich damit anfangen. Es ist gar nicht so schwer zu lernen, sagt Hannes.“

„Trainierst du nun immer mit ihm?“

„Quatsch.“ Myriam schüttelte den Kopf. „Hannes ist doch kein Reitlehrer. Aber er ist auf jeden Fall der Meinung, dass ich Talent habe.“

Sie versetzte Camilla einen zärtlichen Klaps auf die Hinterhand. „So, ich muss los. Wir schreiben schließlich morgen Französisch. Ich sollte noch ein bisschen was dafür tun.“

„Danke, dass du mich daran erinnerst“, stöhnte Hannah. Sie hob den Sattel von Acapulcos Rücken und wuchtete ihn auf die Abtrennung zwischen den Boxen. „Ich hab noch nicht mal angefangen zu lernen.“

„Meld dich, wenn du Hilfe brauchst." Myriam war schon in der Stallgasse. „Bis morgen!"

Reiten war schön. Aber das Absatteln, Abzäumen und Trockenreiben der Pferde war nervig. Vor allem, wenn man es so eilig hatte wie Hannah. Inzwischen war es fast fünf. Wenn sie nicht schnellstens nach Hause kam, würden ihre Eltern vor Wut rotieren.

Den Sattel über dem einen Arm, den Korb mit dem Putzzeug im anderen hastete sie aus dem Stall. Am Ausgang wäre sie um ein Haar mit Washington zusammengestoßen, der plötzlich wie aus dem Nichts vor ihr auftauchte. „Verdammt!" Hannah ließ den Korb fallen und sprang im letzten Moment zur Seite. Der schwarze Neufundländer wedelte begeistert. *Verdammt.* Weil er ständig irgendwo im Weg herumstand, hörte er diesen Aufruf so häufig, dass er ihn inzwischen schon für seinen zweiten Vornamen hielt.

„Blöder Köter." Hannah legte den Sattel über die Abtrennung neben sich und bückte sich, um die Bürsten, Striegel und Hufkratzer wieder einzusammeln, die sich über den ganzen Boden verteilt hatten.

„Das ist aber nicht sehr nett", sagte eine vertraute Stimme direkt über ihr.

Hannah fuhr erschrocken hoch und prallte nun wirklich mit Washington zusammen. Sie rutschte aus, hielt sich im letzten Moment an Washingtons buschigem

Schwanz. Aber der Hund wich jaulend aus und brachte sie dadurch vollends zu Fall.

„Scheiße", sagte Hannah und traf den Nagel damit auf den Kopf. Sie saß tatsächlich auf einem frischen Pferdeapfel.

„Sorry", meinte Hannes betroffen. „Ich wollte dich nicht erschrecken."

„Schon gut." Sie rappelte sich mühsam hoch. Während Hannes das verstreute Putzzeug wieder in den Korb sammelte, versuchte sie, den Dreck an ihrem Hosenboden an einer Boxenwand abzustreifen. Aber vergeblich, dadurch verteilte sie ihn nur noch besser.

So ein Mist! Warum passierten ihr solche Dinge immer, wenn Hannes in der Nähe war? Als sie ihn neulich auf dem Schulhof getroffen hatte, war sie gerade in einen Kaugummi getreten. Und als sie in Albertos Eisdiele die Cola über ihre Jeans geschüttet hatte, wer war da zufälligerweise am Nachbartisch gesessen? Bingo! Hannes.

Sie griff nach dem Sattel, wobei ihr Washington zum dritten Mal in die Quere kam.

„Jetzt hau endlich ab!", fuhr sie ihn an. „Du hast schließlich schon genug angerichtet."

Beleidigt klemmte er seinen Schwanz zwischen die Beine und zog Leine.

„Tut mir echt leid", sagte Hannes zerknirscht. „Lass mal, ich bring den Sattel weg."

„Ist schon gut." Sie bewegte sich rückwärts aus dem Stall, damit er ihr dreckiges Hinterteil nicht sah. „Ich muss jetzt los." Hoffentlich lauerte hinter ihr nicht schon wieder Washington, um sie erneut zu Fall zu bringen.

„Ach so. Dabei wollte ich dich fragen …", begann Hannes. „Aber ist ja auch egal", unterbrach er sich dann.

„Frag ruhig."

„Nee. Ist nicht so wichtig."

Was? Was hatte Hannes sie fragen wollen? Ob sie auch mit ihm für das Reining-Turnier trainieren wollte? Ob er sie zum Eis einladen konnte? Ob sie mit ihm ausreiten wollte?

„Also dann …" Hannah machte eine kleine Pause, in der Hoffnung, dass er vielleicht doch noch mit seiner Frage rausrückte. Aber er lächelte nur ein bisschen unsicher.

„Tschüss", sagte Hannah.

Alles Kingsize

Zwei Tage später ließ Myriam in der großen Pause die Bombe platzen.

„Was?“, schrie Tori. „Sag mal, bist du eigentlich noch zu retten?“

„Warum regst du dich so auf?“, fragte Myriam zurück. „Wir leben in einem freien Land. Ich kann tun und lassen, was ich will.“

„Vielleicht erklärst du es uns trotzdem“, schlug Juliana vor. „Irgendwie sind wir so was wie Freundinnen, oder? Da redet man miteinander.“

„Was soll ich denn lang rumlabern, wenn ihr es doch nicht versteht“, meinte Myriam ungeduldig. „Ich hab keine Lust, mir von Sue meine Zukunft verbauen zu lassen …“

„Deine Zukunft?“, wiederholte Sina ungläubig. „Es geht um ein blödsinniges Westernturnier. Ist doch völlig egal, ob du in Aachen dabei bist oder eben erst beim nächsten Mal.“

„Dir ist das vielleicht egal, aber mir nicht“, sagte Myriam so eisig, dass Hannah schauderte. „Ich bin fast dreizehn. Wenn ich jetzt nicht langsam durchstarte, kann ich meine Karriere als Turnierreiterin komplett vergessen."

„Deine ... was?", stammelte Tori. „Seit wann willst du denn als Turnierreiterin Karriere machen? Ich dachte immer, wir reiten zum Spaß."

Zum Spaß. Hannah hätte fast gelacht. Im Moment gab es nichts, was Myriam nur zum Vergnügen tat. Für sie ging es nur noch darum, besser zu werden, weiterzukommen, ihre Konkurrenz hinter sich zu lassen.

„Du vielleicht", erklärte Myriam jetzt. „Aber ich will keine Zeit verplempern. Selbst wenn Sue mich ausnahmsweise mal nicht versetzt, sind mir ihre Reitstunden viel zu lasch. Hannes hat mir in einer Stunde mehr beigebracht als Sue in zwei Monaten. Weil er nämlich weiß, was Sache ist."

„Hat er dich auf diese bescheuerte Idee gebracht?", fragte Ayla.

„Quatsch. Mein Vater ...."

„Dein Vater!", riefen Tori, Sina und Ayla im Chor.

„Natürlich steckt dein Vater dahinter", sagte Tori verächtlich. „Lass mich raten: Als du ihm erzählt hast, dass Sue dich schon wieder versetzt hat, hat er seinen Kumpel aus dem Tennisclub angerufen und der hat die Sache für dich klargemacht."

„Na und?", rief Myriam. „Und wenn es so wäre?"

„Woher willst du überhaupt wissen, dass der Reitunterricht auf der Kingsize Ranch so viel besser ist?", fragte Tori. „Die kochen auch nur mit Wasser. Aber dafür zahlst du das Doppelte."

„Es ist sogar billiger als bei Sue", trumpfte Myriam auf. „Und außerdem hab ich natürlich zuerst eine Probestunde gemacht, bevor ich den Vertrag unterschrieben habe. Ich bin doch nicht blöd."

„Du hast den Vertrag schon unterschrieben?" Jetzt war Hannah wirklich fassungslos. Myriam hatte Nägel mit Köpfen gemacht, ohne ihr vorher auch nur ein Wort mitzuteilen.

„Weiß Sue schon davon?", erkundigte sich Ayla.

„Sie wird's überleben", sagte Myriam kalt. „Wahrscheinlich interessiert es sie gar nicht."

„Sag mal, merkst du nicht selbst, wie fies das ist?", fragte Juliana ruhig. „Sue hat sich gerade von ihrem Freund getrennt, da kann man doch verstehen, dass sie ziemlich durcheinander ist. Und statt ihr den Rücken zu stärken, hast du nichts Besseres zu tun, als dich sofort auf der nächstbesten Ranch anzumelden. Nur wegen so einem blöden Turnier."

„Ihr habt ja keine Ahnung!", schrie Myriam so laut, dass ihre Stimme über den halben Schulhof gellte. „Lasst mich doch in Ruhe!" Wütend schleuderte sie ihren Apfel, den sie gerade einmal angebissen hatte, in Richtung Mülleimer. Allerdings verfehlte sie ihr Ziel, sodass er neben dem Korb aufs Pflaster klatschte. Einen

Moment lang starrte sie angewidert auf den Apfelmatsch. Dann drehte sie sich einfach um und marschierte wortlos weg.

„Die ist ja wohl nicht mehr ganz dicht", murmelte Juliana empört.

Hannah öffnete den Mund, um ihre Freundin zu verteidigen. Aber dann machte sie ihn wieder zu, ohne etwas zu sagen. Ihr fehlten einfach die Worte.

Am Anfang hatte Hannah noch die Hoffnung, dass Myriam einfach wieder zur Vernunft kommen würde. Aber der Entschluss ihrer Freundin stand fest. Myriam würde in Zukunft auf Kingsize trainieren. Dabei hatte sie genau wie Hannah ein gutes Drittel ihres Lebens auf der Sunshine Ranch verbracht.

Als Sue ihnen ihre erste Reitstunde gegeben hatte, waren Hannah und Myriam noch in die dritte Klasse gegangen. Über vier Jahre war das jetzt her. Inzwischen war die Sunshine Ranch ihr zweites Zuhause geworden. Sie kamen praktisch jeden Tag her, wenn man einmal von lästigen Urlauben und Sonntagsausflügen mit den Eltern absah, die sich eben nicht umgehen ließen.

Und das alles wollte Myriam so mir nichts, dir nichts aufgeben?

„Was ist mit Camilla?", fragte Hannah, als sie sich nach der Pause wieder auf ihre Plätze setzten. „Willst du die einfach so im Stich lassen?"

„Ich lass sie nicht im Stich", erwiderte Myriam empört. „Ich kümmere mich natürlich um sie, bis Sue jemanden gefunden hat, der sie übernimmt."

„Das kann doch nicht dein Ernst sein. Macht dein Vater dir Druck oder warum tust du das?"

„Nun fang du nicht auch noch damit an", fauchte Myriam. „Mein Vater hat überhaupt nichts mit der Sache zu tun! Ich will einfach weiterkommen und das funktioniert mit Sue nun mal nicht. Im Gegensatz zu euch hab ich ein Ziel und das werde ich auch erreichen."

Im Gegensatz zu euch, sagte Myriam, so als ob Hannah mit den anderen mehr verband als mit ihr.

„Ich verstehe einfach nicht, was mit dir los ist", versuchte Hannah es noch einmal. „Du bist total verbissen, merkst du das nicht?"

„Nenn es, wie du willst", meinte Myriam gleichgültig.

Es war sinnlos. Was Hannah auch sagte, ihre Worte prallten an Myriam ab wie Hagelkörner an einer Fensterscheibe. Wenn Myriam sich einmal etwas in den Kopf gesetzt hatte, dann zog sie das durch, das war schon immer so gewesen. Nur dass es diesmal kein Zurück gab.

Denn wenn Myriam glaubte, dass sie nach ein paar Wochen einfach wieder auf der Sunshine Ranch aufkreuzen könnte, als wäre nichts gewesen, dann hatte sie sich mächtig geschnitten. Aber bevor Hannah diesen Gedanken aussprechen konnte, betrat ihre Englischlehrerin das Klassenzimmer. Frau Possin stellte die erste Frage und Myriams Hand schoss in die Höhe.

Sie hatte keine Lust, sich mit Hannah zu unterhalten, das war offensichtlich.

„Diese blöde Kuh soll es bloß wagen, sich noch mal auf der Ranch blicken zu lassen!“ Tori hieb mit einem morschen Ast gegen die Brombeerhecken am Waldrand. Das Holz zersplitterte in alle Richtungen.

Hannah, Sina, Ayla und Juliana saßen auf der Bank am Weg. Die Pferde grasten auf der Wiese. Die Luft war erfüllt von Bienensummen, die Sonne schien heiß wie im Juli, obwohl es erst Anfang Mai war. Eine Idylle.

Aber Hannah konnte sie nicht genießen. Seit Myriam auf Kingsize trainierte, fühlte sie sich total hin- und hergerissen. Zwischen Myriam, ihrer besten Freundin, die sie nicht so einfach aufgeben konnte, und den anderen Pferdemädchen. „Du musst dich schon entscheiden, zu wem du hältst“, hatte Tori neulich gesagt, als Hannah wieder einmal versucht hatte, Myriam zu verteidigen. Aber Hannah wollte sich nicht entscheiden. Sie wollte, dass alles wieder so wurde, wie es einmal gewesen war.

Sie wollte, dass sich die Kingsize Ranch in Luft auflöste und Myriam zu ihnen zurückkam.

„Also, ich könnte das nicht. Ein Leben ohne die Sunshine Ranch, unmöglich!“, meinte Ayla. „Und ich kann es immer noch nicht fassen, dass sie Camilla einfach so aufgibt. Ich würde lieber sterben, als Nike zu verlassen.“

„Sue kümmert sich jetzt vorübergehend um Camilla“, sagte Hannah. „Und wer weiß, vielleicht sieht Myriam ja doch ein, dass es bei uns besser ist als auf Kingsize.“

„Meinetwegen kann sie da bleiben“, erklärte Sina entschieden. „Habt ihr den Artikel gelesen, der heute Morgen in der Zeitung stand? Da stand drin, dass Kingsize die modernste Ranch überhaupt ist, weil die beim Reitunterricht die ‚neuesten wissenschaftlichen Erkenntnisse und Hightech-Methoden‘ nutzen. Was soll das denn heißen? Reiten die etwa auf Robotern?“

„Die haben ja wohl einen Sprung in der Schüssel!“, stimmte Ayla ihr zu.

Hannah biss sich auf die Lippen. Wie immer diese Methoden aussehen mochten, Myriam war total überzeugt von ihnen.

„Der Reitunterricht bei Kingsize ist tausendmal besser als in der Sunshine Ranch!“, hatte sie heute Früh in der Schule geschwärmt.

„Was machen die denn anders als Sue?“, hatte sich Hannah skeptisch erkundigt.

„Die geben sich einfach viel mehr Mühe. Jede Reitstunde wird von einem Mitarbeiter gefilmt. Und hinterher analysieren Andreas und ich das Ganze gemeinsam am Bildschirm. Das bringt dich echt weiter."

Andreas – das war Andreas Petersen, der Besitzer der Kingsize Ranch, der Myriam persönlich unterrichtete. „Andreas ist so was von cool", säuselte Myriam. „Er bringt mir Reining bei. Und er ist überzeugt, dass ich die Qualifikation für das Turnier schaffe."

„Hightech! So ein Blödsinn", lästerte Tori jetzt. „Na, Myriam wird schon sehen, was sie davon hat. Ich finde jedenfalls …"

Sie unterbrach sich, als zwei Reiter auf die Lichtung galoppierten. Direkt vor der Bank brachte Sue ihren Colorado Ranger Dakota zum Stehen. Neben ihr zügelte Stefan Harlekin. Hinter den beiden Reitern hechelten Washington und Heinrich auf die Waldwiese. Washington ließ sich sofort vor Sina zu Boden plumpsen. Er hasste Ausritte.

„Hi!" Sue sprang aus dem Sattel. „Stören wir?"

„Und wenn schon!" Auch Stefan stieg ab. „Ich brauch dringend eine Pause."

„Was macht ihr denn für finstere Gesichter?", fragte Sue. „Ist irgendwas?"

„Nö", erklärte Ayla. „Wir unterhalten uns nur gerade über diese Kingsize Ranch."

„O *dear*." Sues Miene verdüsterte sich ebenfalls. „Echt schlechtes Thema."

„Wieso?"

„Ich war gestern dort. Wollte mir das Ganze mal anschauen und mich kurz vorstellen. Auf gute Nachbarschaft und so."

„Und?", fragte Hannah gespannt.

„Nichts und. Die haben mich rausgeschmissen. Diese Leute sind so was von ... *stupid bigheads!*" Immer wenn Sue wütend wurde, verfiel sie automatisch in ihre Muttersprache.

„Echt? Was haben die denn gemacht? Erzähl mal", sagte Sina.

„Also, das ist einfach unglaublich." Sue verdrehte die Augen. „Ich hatte den Hof kaum betreten, da kam schon einer der Angestellten auf mich zugeschossen. ‚Nehmen Sie es mir nicht übel, Frau Mirador, aber das geht nun wirklich nicht. Wir sind schließlich Konkurrenten und wir müssen sicherstellen, dass Sie unser Konzept nicht kopieren.' Also wirklich, das ist ... *that's ridiculous*. Dieser Petersen ist ein totaler Anfänger und beschuldigt *mich*, bei ihm zu spionieren."

„Vielleicht wusste er gar nichts von der Aktion", gab Hannah zu bedenken. „Ich meine, er hat dich doch nicht persönlich rausgeschmissen."

„Natürlich wusste er davon", schnaubte Sue.

„So ein arroganter Idiot", sagte Juliana.

„Gar nicht drüber aufregen", riet Sina. „In zwei Monaten ist er bestimmt wieder pleite."

„Oder wir", bemerkte Stefan.

„Bitte?“, zischte Sue. „Was soll das denn heißen?“

„Das soll heißen, dass wir ihn nicht unterschätzen dürfen“, meinte Stefan ruhig. „Ich hab mir die Kingsize Ranch nämlich ebenfalls angesehen. Allerdings inkognito. Ich hab einfach so getan, als ob ich Reitstunden nehmen wollte. Petersen persönlich hat mich rumgeführt.“

„Und eingewickelt“, meinte Tori. „Hast du dich etwa auch schon angemeldet wie Myriam?“

„Unsinn. Petersen ist ein Großmaul, da hat Sue schon Recht. Aber er hat seinen Reitschülern auch einiges zu bieten.“ Stefan räusperte sich. „Ganz im Gegensatz zu uns.“

„Was?“, fragte Sue empört. „Jetzt reicht's aber! *Stop it! Are you really telling me …*“

„Sue“, unterbrach Stefan sie. „Ich will dich nicht angreifen, wirklich nicht. Aber überleg doch mal, was in den letzten Wochen auf der Sunshine Ranch so gelaufen ist. Alles ist drunter und drüber gegangen, weil du überhaupt nicht ansprechbar warst.“

„*I 've had a hard time*“, sagte Sue gekränkt. „Es war wirklich nicht leicht.“

„Ich weiß.“ Stefan nickte. „Ich verstehe dich ja. Aber dieser Petersen ist richtig gefährlich. Wenn wir nicht aufpassen, dann sind wir in spätestens zwei Monaten weg vom Fenster, das garantier ich dir.“

„Das glaub ich nicht“, widersprach Tori. „Unsere

Leute wissen doch, was sie an der Sunshine Ranch haben. Die halten uns die Stange."

„Wir haben ja an Myriam gemerkt, wie uns unsere Leute die Stange halten", bemerkte Stefan sarkastisch. „Kingsize bietet bessere Beratung und intensiveres Training für weniger Geld. Sobald Petersen Sunshine plattgemacht hat, wird er die Preise anheben, da bin ich mir ganz sicher. Dann hat er ja auch keine Konkurrenz mehr."

„Okay", sagte Sue nachdenklich. „*Maybe you're right*. Was sollen wir tun?"

„Wir müssen uns wehren", sagte Stefan. „Und zwar richtig."

„*I see*." Sue nickte. „Ab jetzt lass ich keine Stunde mehr ausfallen."

„Ich befürchte, das reicht nicht", meinte Stefan. „Du kannst die Anfänger unterrichten, Sue, aber für die Fortgeschrittenen brauchen wir einen professionellen Reitlehrer."

Hannah hielt den Atem an und wartete darauf, dass Sue ausflippte. Wie konnte Stefan es wagen, sie als unprofessionell zu bezeichnen? Schließlich hatte sie in den Staaten viele große Turniere gewonnen.

Aber zu ihrer Überraschung blieb die Ranchbesitzerin ganz ruhig. „Es ist nicht so einfach", meinte sie. „Seit Mike weg ist, suche ich wie eine Verrückte nach einem guten Trainer. Aber die Leute, die sich bisher vorgestellt haben, sind entweder total unfähig oder arrogant oder viel zu teuer. Ich bin echt nicht scharf darauf, die Schüler selbst zu unterrichten. Aber ich find nun mal keinen, der's besser macht."

„Ich hab vielleicht einen guten Mann an der Hand", sagte Stefan. „Uwe Förster."

„Förster, Förster", murmelte Sue. „Der Name kommt mir irgendwie bekannt vor."

„Kann ich mir vorstellen. Förster war früher selbst erfolgreicher Turnierreiter. Trail und Reining."

„Was – *der* Förster? Gegen den bin ich einmal in Denver angetreten!", rief Sue. „Förster hat gewonnen." Dann schüttelte sie den Kopf. „*Never*. Förster fängt nie und nimmer auf der Sunshine Ranch an."

„Vielleicht doch", meinte Stefan. „Ich kenn ihn ganz gut. Er will sich die Ranch auf jeden Fall mal ansehen. Montagnachmittag kommt er vorbei."

„Das klingt doch super." Tori strahlte über das ganze Gesicht. „Hoffentlich lässt er sich überzeugen."

„Das hoffe ich auch", nickte Stefan. „Aber wenn wir uns gegen Petersen durchsetzen wollen, dann ist das erst der Anfang."

„Was sollen wir denn noch machen?", fragte Sue ratlos.

„Wir brauchen einen Sieg. Wir müssen in einem Turnier gegen Kingsize antreten", erklärte Stefan. „Und gewinnen."

Hannah traut sich

Julianas Hände zitterten. Ayla knabberte an ihren Fingernägeln. Sinas Locken standen in sämtliche Richtungen vom Kopf ab, weil sie alle paar Sekunden mit den Fingern darin herumwühlte. Und Tori kaute auf einer hellblonden Haarsträhne herum, als wäre es ein Kaugummi.

Ihre Freundinnen waren reine Nervenbündel, nur Hannah war völlig gelassen. Na ja, vielleicht war da ein leichtes Kribbeln in ihrem Magen. Aber das lag bestimmt nicht an der Aufregung, sondern nur an der Cola, die sie zum Mittagessen getrunken hatte.

Uwe Förster lehnte lässig an der Abtrennung des Reitplatzes und lächelte. „Seid ihr bereit?“, fragte er.

Die Freundinnen nickten. Juliana fuhr sich mit zitternden Fingern durchs Haar. Hannah schob ihre Hände tief in die Hosentaschen. Das Kribbeln in ihrem Magen war ein bisschen stärker geworden.

Selbst die Pferde wirkten nervös. Als wüssten sie, worum es ging. Tibor, Janko, Saphir, Nike und Acapulco standen gesattelt und aufgezäumt in einer Reihe vor dem Roundpen. Daneben die jeweilige Reiterin, den Reithelm unter dem Arm.

„Keine Panik“, sagte Förster. „Wir machen das ganz locker, okay?“

Klar doch. Ganz locker. Uwe Förster, der weltberühmte Turnierreiter, kam auf die Sunshine Ranch, um eine Reitschülerin auszuwählen, und sie würden dabei ganz locker bleiben.

Denn dass Förster nur eine von ihnen für das Turnier trainieren konnte, hatte er gleich bei seinem ersten Besuch klargestellt. „Stefan hat mir von dieser neuen Ranch erzählt, die sich hier breitmachen will“, hatte er gesagt. „Das find ich natürlich genauso bescheuert wie ihr. Aber ich hab einfach keine Zeit, euch alle zu unterrichten. So gern ich das tun würde.“

So gern ich das tun würde. Eine dämliche Floskel. Das sagte Förster, um die vier Mädchen zu trösten, die er gleich enttäuschen würde. Denn nur eine von ihnen würde es schaffen.

„Ich will sehen, was ihr so bringt“, erklärte er jetzt. „Ich schlage vor, wir tun so, als wären wir auf einem Turnier. Ihr seid die Teilnehmer, ich bin die Jury.“

Die Pferdemädchen nickten wieder. Hannah legte eine Hand auf ihren Bauch. Ups, dieses Kribbeln wurde zu einem richtigen Grummeln. Hoffentlich war das keine Magenverstimmung.

„Mir kommt es gar nicht so auf die Technik an“,

fuhr Förster fort. „Das Reiten bring ich euch schon bei, keine Sorge. Aber ich kann nur mit einem Mädchen arbeiten, das Talent und starke Nerven hat und eine Menge Einsatz zeigt. Wer mit mir trainieren will, muss bereit sein, alles zu geben. Ich kann euch ganz nach vorn bringen. Aber ihr müsst es auch richtig wollen."

Hannah nagte an ihrer Unterlippe. Warum fühlten sich ihre Knie auf einmal so seltsam weich an? Sie hatte doch wirklich keinen Grund, nervös zu sein. Sie würde das Rennen um den Trainingsplatz bei Förster bestimmt nicht gewinnen. Das wusste sie selbst genauso gut wie ihre Freundinnen und Sue und Stefan, die das Geschehen aus einigen Metern Entfernung kritisch verfolgten.

Hannah atmete tief ein und aus. Cool bleiben. Nur nicht die Nerven verlieren. Für sie stand nichts auf dem Spiel. Sie lief sozusagen außer Konkurrenz.

Deshalb hatte sie eigentlich gar nicht erst antreten wollen. „Was soll ich denn da?", hatte sie die anderen gestern noch gefragt. „Ich hab überhaupt keine Erfahrung mit Turnieren."

„Ich auch nicht", hatte Ayla eingewandt. „Und ich mach trotzdem mit. Komm, sei kein Frosch. Es macht bestimmt Spaß."

Es macht bestimmt Spaß. Das war ja wohl der Witz des Jahrhunderts. Wenn ich bloß standhaft geblieben wäre, dachte Hannah. Aber natürlich hatte sie sich am Ende breitschlagen lassen. Und jetzt ärgerte sie sich über sich selbst. Warum folgte sie nicht ihrem eigenen Gefühl, sondern machte immer das, was die anderen von ihr erwarteten?

Sie hatte nicht den Hauch einer Chance. Im letzten Jahr hatte sie genau zehn Reitstunden genommen, das war die Mindestzahl, die man absolvieren musste, damit man ohne Begleitung ins Gelände reiten durfte. Die anderen Mädchen trainierten wöchentlich. Und Myriam war bestimmt jeden dritten Tag im Roundpen gewesen. Aber die war ja nicht mehr von der Partie.

Förster grinste sie an, als könnte er ihre Gedanken lesen. Er war nicht nur berühmt, er sah auch noch verdammt gut aus: groß, schlank und braun gebrannt, mit leicht schräg stehenden, mandelförmigen Augen. Das glänzend schwarze Haar hatte er zu einem Pferdeschwanz gebunden. Wahrscheinlich stammte er in direkter Linie von Winnetou ab. Obwohl sein Name nicht gerade indianisch klang. Uwe Förster.

Jetzt wanderte sein Blick an Hannah vorbei. „Hi, Hannes!“, sagte Förster. „Willst du auch noch einsteigen?“

Hannah wandte sich um und bemerkte, dass Hannes direkt neben ihr stand. „Nee, danke“, winkte er ab, während er zu seinem Vater und Sue hinüberging. „Ich bin vollkommen aus der Übung.“

„Na, deshalb bin ich ja da. Um dich wieder fit zu machen.“

„Trotzdem nicht“, erwiderte Hannes. „Ich hab keine Lust mehr auf Turniere. Ich würde aber gerne zuschauen, wenn das für euch okay ist?“ Die Frage war an die Mädchen gerichtet, aber bevor sie etwas entgegnen konnten, antwortete Förster.

„Natürlich ist das okay. Bei einem richtigen Turnier gibt es schließlich auch Zuschauer.“

„Oh Mann“, murmelte Ayla, während sie ihre verschwitzten Finger verstohlen an ihrer Hose abwischte. „Wenn wir nicht bald anfangen, dann dreh ich durch.“

„Wer will beginnen?“, fragte Förster, als ob er ihre Bemerkung gehört hätte.

Entsetztes Schweigen. Die Mädchen starrten auf ihre Cowboystiefel, als gäbe es nichts Interessanteres auf der Welt.

„Keine Freiwilligen. Na gut. Dann muss ich die Reihenfolge wohl festlegen.“ Försters Blick glitt von einer zur anderen und blieb schließlich an Tori hängen. „Wie wär’s mit dir?“

„Ich?“, fragte Tori erschrocken.

„Wie heißt du?“

„Tori.“

„Also, Tori. Dann zeig uns mal, was du kannst.“

Am Vortag hatte er ihnen erklärt, dass sie sich ihr Pattern frei zusammenstellen konnten. „Denkt euch einfach irgendwas aus. Aber macht es nicht zu kompliziert. Ich will keine Kunststücke sehen, mir kommt es auf den Gesamteindruck an. Wie ihr mit eurem Pferd umgeht, ob ihr harmoniert, das ist entscheidend für mich."

Tori hörte auf, auf ihren Haaren zu kauen, und setzte stattdessen den Helm auf. Plötzlich wirkte sie ganz ruhig. Sie nahm Tibors Halfter und führte ihn an Förster vorbei in den Roundpen.

Förster schwang sich auf die hölzerne Abtrennung, die den Reitplatz umgab. Auf einmal fiel alle Coolness von ihm ab, mit großer Konzentration sah er dabei zu, wie Tori aufsaß und das Quarterhorse in die Mitte des Roundpens lenkte, sodass es Förster genau gegenüberstand. Mit der linken Hand hielt sie locker die Zügel. Mit der Rechten grüßte sie erst Förster, danach Sue und Stefan.

Dann legte sie los. Sie brachte Tibor in einen schnellen Galopp. Zweimal umrundete sie den Reitplatz, bevor sie zum Trab wechselte. Sie ließ das Quarterhorse schräg über den Platz tänzeln und danach mehrere Wendungen vollführen, zweimal auf der Hinterhand, einmal auf der Vorderhand. Anschließend einen Sidepass – fünf große Schritte nach links. Am Ende wollte sie ihre Vorführung mit ein paar Rückwärtsschritten abschließen, aber da machte Tibor nicht mit. Tori versuchte mehrmals vergeblich, ihn zum Rückwärtslaufen zu motivieren, aber er weigerte sich standhaft.

„Ist okay", rief Förster schließlich. „Vielen Dank."

Tori wirkte ziemlich genervt, als sie den Roundpen verließ.

„So ein Mist", murmelte sie, als sie die anderen wieder erreicht hatte.

„Ist doch nicht so schlimm", flüsterte Sina. „Er hat gesagt, dass es ihm mehr auf den Gesamteindruck ankommt als auf die einzelnen Übungen. Und insgesamt warst du einfach super."

„Finde ich auch", sagte Ayla.

Dann verstummten sie wieder, denn jetzt war Juliana an der Reihe.

Sie ließ Nike mehrere Tempowechsel absolvieren, bevor sie zwei Sidepasses, ein paar Drehungen und eine 180°-Wendung präsentierte. Im Unterschied zu Tori gelang Nike das Rückwärtsrichten auf Anhieb, aber insgesamt wirkte ihre Vorführung fahrig und nervös.

Ayla hatte sich zur Überraschung der anderen für die Disziplin Reining entschlossen. Sie brachte Saphir in einen schnellen Galopp, ließ ihn dann mehrere rasante Spins vollführen und schloss die Übung mit einem Sliding Stop ab, der allerdings total misslang. Anstatt durch den Roundpen zu gleiten und auf der Hinterhand zum Stehen zu kommen, rutschte Saphir einen halben Meter über den Boden und galoppierte dann einfach weiter.

Die Mädchen applaudierten dennoch begeistert. Reining hatten sie mit Sue nie richtig geübt, weil die Ranchbesitzerin mehr Wert auf klassische Disziplinen wie Horsemanship oder Trail legte. Ayla musste sich und Saphir die Übungen mehr oder weniger selbstständig beigebracht haben.

„Das war mutig“, meinte auch Förster anerkennend.

Bevor Sina losritt, baute sie ein kleines Labyrinth aus Stangen auf, das sie Janko vorwärts, rückwärts und seitwärts durchschreiten ließ. Sie saß locker und entspannt im Sattel und wirkte vollkommen gelassen.

„Das war einfach nur cool“, sagte Tori neidisch. „Ich glaube, du hast keinen einzigen Fehler gemacht.“

Hannah wollte ebenfalls etwas Anerkennendes sagen, doch sie brachte keinen Ton heraus. Ihre Knie zitterten, ihr Herz raste und ihre Hände waren schweißnass. Es ist doch nicht wichtig, versuchte sie sich einzureden. Ich mach es nur zum Vergnügen.

Aber es funktionierte nicht. Sie wurde nicht ruhiger. Hannah hatte jegliche Kontrolle über ihren Körper verloren.

„Jetzt ist ja nur noch eine übrig“, rief Förster und lächelte sie an. „Du bist Hannah, oder? Also, dann mal los.“

Hannah wollte zurücklächeln, aber auch das gelang ihr nicht. „Ich hab’s mir anders überlegt“, krächzte sie. „Ich glaube …“

Weiter kam sie nicht. Auf einmal stand Hannes neben ihr. „Mensch, Hannah, keine Panik“, sagte er leise, während er ihr Acapulcos Zügel in die Hand drückte. „Ich weiß genau, wie du dich fühlst.“

Ach wirklich? Woher wollte er wissen, wie sie sich fühlte?

„Ich geh da auf keinen Fall rein“, flüsterte sie ihm zu. „Ich schaff das nicht. Ich hab überhaupt keine Erfahrung im Turnierreiten …“

„Du reitest eine Runde Galopp, dann Trab, danach eine halbe Runde im Schritt“, sagte Hannes mit ruhiger Stimme. „Dann lässt du Acapulco anhalten und ein paar Schritte zurückgehen. Das macht Acapulco ganz locker, ich hab das letztens noch mit ihm ausprobiert. Du musst nur im Sattel bleiben, alles andere geht wie von selbst.“

„Ich kann das nicht“, wisperte Hannah.

„Hallo?“, fragte Förster. „Wollt ihr diskutieren oder krieg ich noch was zu sehen?“

„Du kannst das“, murmelte Hannes. „Mach’s einfach. Tu’s für mich.“

Tu’s für mich. Irgendwie setzte sie dieser Satz in Bewegung. Hannah griff nach Acapulcos Zügel und ging an Förster vorbei in den Roundpen. Sie sah ihn nicht an und beachtete auch die anderen Mädchen nicht mehr. Sie konzentrierte sich nur auf sich selbst und ihr Pferd.

„Du kannst das“, murmelte sie, als sie sich in den Sattel schwang.

Sie grüßte Förster, wie Sue es ihr beigebracht hatte,

dann trieb sie Acapulco in einen leichten Galopp. Nach einer halben Runde verlangsamte sie das Tempo, ließ ihn in einen lockeren Trab fallen und beendete den Ritt im Schritt.

Dann lässt du Acapulco anhalten und ein paar Schritte zurückgehen. Rückwärtsrichten hatte Hannah mit Sue so gut wie nie geübt. Aber offensichtlich hatte Hannes Acapulco bestens vorbereitet. Es brauchte nicht mehr als einen leichten Schenkeldruck, damit der Wallach sich langsam nach hinten bewegte. Er wollte gar nicht wieder damit aufhören. Vor lauter Erleichterung über das gute Gelingen ließ Hannah den Appaloosa danach seitwärts über eine der Stangen schreiten, die Sina im Roundpen aufgestellt hatte. Zum Schluss galoppierten sie noch eine Runde.

Als sie Acapulco vom Reitplatz führte, applaudierten ihre Freundinnen so begeistert, als habe Hannah gerade das Turnier gegen die Kingsize Ranch gewonnen.

„Super", sagte Förster.

Hannah suchte Hannes' Blick, aber der unterhielt sich gerade mit seinem Vater. Ob er überhaupt mitbekommen hatte, wie sie geritten war?

Ist ja auch egal, dachte Hannah.

„Und?", fragte Tori. „Wie sieht's aus?"

Einen Moment lang suchte Hannah nach Worten. Erst dann begriff sie, dass die Frage nicht an sie gerichtet war, sondern an Förster.

Der Trainer runzelte die Stirn. „Schlecht sieht's aus", erwiderte er dann.

Die Freundinnen hielten den Atem an. Was sollte das denn heißen? Waren sie alle durchgefallen?

„Bitte?", fragte Tori tonlos.

Förster grinste. „Ihr macht es mir nicht leicht, wollte ich damit sagen." Er schüttelte den Kopf. „Tut mir leid, aber heute werde ich keine Entscheidung mehr treffen. Ich muss das erst eine Nacht überschlafen. Wir sehen uns morgen um vier wieder, okay?"

Die Entscheidung

„Ziemlich fies, uns so hinzuhalten, was?“, fragte Tori, als sie sich am nächsten Tag in der großen Pause alle auf dem Schulhof trafen. „Ich hab die ganze Nacht nicht richtig geschlafen.“

„Der Typ spielt sich nur auf“, fand Jonas, ihr Freund.

„Eifersüchtig?“, fragte Sina spöttisch. „Viktor will heute Nachmittag auf jeden Fall mitkommen.“

„Ich muss mir diesen Kerl doch mal anschauen“, ergänzte Viktor.

„Ich werd auch dabei sein, da kannst du Gift drauf nehmen“, knurrte Jonas. „Was dieser Förster da abgezogen hat, war ja eine richtige Casting-Show.“

„Er will eben herausfinden, welche die Beste von uns ist“, verteidigte Hannah den Trainer. „Also, ich find das in Ordnung.“

Auch sie hatte die halbe Nacht wach gelegen. Wie ein Film in einer Endlosschleife war das Vorreiten wieder und wieder an ihrem geistigen Auge vorbeigezogen. Das furchtbare Lampenfieber, bevor sie in den Roundpen gegangen war. Hannes' Zuspruch – *tu's für mich.*

Ihre Konzentration, sobald sie aufgesessen und losgeritten war. Und hinterher der begeisterte Applaus der anderen. Das war das Beste gewesen.

„Wie will er uns denn nach der kurzen Vorstellung beurteilen können?“, fragte Tori empört. „Normalerweise macht Tibor keine solchen Patzer beim Rückwärtsrichten. Es war einfach totales Pech, dass er nicht richtig mitgespielt hat.“

Schon klar. Tori war natürlich felsenfest davon überzeugt, dass sie die beste Reiterin auf der Sunshine Ranch war. Wahrscheinlich hätte sie es gerechter gefunden, wenn Förster sie von vorneherein wegen ihrer hellblonden Haare oder ihres hübschen Gesichts ausgewählt hätte.

„Für wen wird er sich entscheiden, was glaubt ihr?“, fragte Viktor.

„Sina“, sagte Tori wie aus der Pistole geschossen. „Die Trailnummer mit den Stangen war einfach gut. Und perfekt geritten.“

„War aber auch nicht so schwer. Ayla war viel mutiger als ich“, meinte Sina.

„Das war ja nicht gefragt.“ Ayla verzog das Gesicht. „Förster hat vorher extra gesagt, dass er keine Kunststücke erwartet. Er wollte vor allem sehen, ob Pferd und Reiter miteinander harmonieren. Und Saphir und ich waren nun wirklich nicht sehr harmonisch.“

„Vielleicht hättest du doch besser auf Nummer sicher

gehen sollen und ein einfaches Horsemanship-Pattern einstudieren sollen“, gab Sina zu.

„Vielleicht“, meinte Ayla. „Aber die sichere Nummer war noch nie mein Fall. Ich wollte schon immer mal Reining reiten, also hab ich's probiert.“ Sie zuckte mit den Achseln. „Der Sliding Stop war natürlich total vermessen.“

„Es sah eher aus wie ein Sliding Galopp.“ Juliana kicherte. „Sorry“, meinte sie dann betreten.

„Schon gut.“ Ayla winkte grinsend ab.

„Und?“, fragte Viktor.

„Was und?“

„Wer ist deine Favoritin, Ayla?“

Ayla fuhr sich mit beiden Händen durch ihre kurzen schwarzen Haare. „Sina war gut. Und Juliana war nicht schlecht.“

„Na ja“, meinte Juliana zweifelnd. „Aber auch nicht wirklich hinreißend.“

„Und Hannah ist toll geritten“, sagte Ayla.

Hannah merkte, wie ihr Gesicht ganz heiß wurde. „Du spinnst doch“, murmelte sie.

„Also, was denn nun?“, fragte Viktor.

Ayla schüttelte den Kopf. „Keine Ahnung, wen ich auswählen würde. Echt, ich könnt es nicht sagen.“

„Und was meinst du, Juliana?“, fragte Viktor.

„Hm. Sina. Ich glaub, ich bin auch für Sina.“

Tori malte mit ihrer Schuhspitze unsichtbare Kreise

auf das Pflaster des Schulhofs. Sie war unzufrieden, weil keiner der anderen ihren Namen genannt hatte. „Na, heut Nachmittag wissen wir mehr. Vielleicht entscheidet Förster sich am Ende ja für keine von uns, weil ihm über Nacht die Erkenntnis gekommen ist, dass wir alle unter seiner Würde sind."

„Kann schon sein", meinte Hannah. Es war ihr vollkommen egal. Sie war einfach nur froh, dass sie sich gestern doch noch dazu durchgerungen hatte, gegen die anderen anzutreten.

Hannah fühlte sich leicht wie ein Luftballon, als sie nach dem Klingeln zurück zum Schulgebäude ging. Aber dann sah sie Myriam. Sie stand mit Helen vor dem Musikpavillon und erzählte etwas, wobei sie wild mit den Händen gestikulierte.

„Hi, Myriam", rief Hannah und winkte. „Kommst du mit rauf?"

Myriam redete weiter. Offensichtlich hatte sie Hannah nicht gehört.

„Myriam?" Hannah stand nun direkt neben ihr. „Es hat schon geläutet."

Myriam blickte sie so befremdet an, als hätte sie sie noch nie zuvor gesehen. „Ich komm gleich", sagte sie dann abweisend.

Hannah blieb noch einen Moment neben ihr stehen. Myriam redete einfach weiter mit Helen, als ob Hannah gar nicht da wäre.

„Ich geh dann mal“, murmelte Hannah.

Myriam nickte nur kurz, als Hannah sich abwandte und langsam wegging.

Obwohl Förster angekündigt hatte, dass er seine Entscheidung erst um vier Uhr bekannt geben wollte, waren sie alle schon um drei da.

„Ich hab’s zu Hause einfach nicht mehr ausgehalten“, gestand Juliana.

„Vielleicht kommt er ja früher“, sagte Ayla. „Mann, bin ich gespannt.“

„Das ist ja lächerlich, was ihr hier für einen Aufstand macht“, fand Jonas.

„Du hast leicht reden“, stöhnte Tori. „Für dich steht nichts auf dem Spiel.“

„Für dich doch auch nicht“, erwiderte er verständnislos, woraufhin Tori nur die Augen verdrehte. Selbst Washington, der normalerweise von zwei bis um fünf sein Mittagsschläfchen hielt, ließ sich von der allgemeinen Nervosität anstecken und schlich ruhelos wie ein Tiger über den Hof.

„Wetten, dass Förster auch noch zu spät kommt?“, fragte Viktor. „Wir könnten locker vorher noch mal ausreiten.“ Aber nicht einmal Sina hatte Lust, ihn zu begleiten.

Um vier marschierte Frau Fischer, die pedantische Nachbarin, in den Hof, um sich zu beschweren, dass

Sue ihre Mülltonnen zu nahe an die Einfahrt gestellt hatte.

Um Viertel nach vier kam Stefan an. „Lässt Uwe euch warten?“, fragte er kopfschüttelnd. „Das ist echt gemein. Normalerweise ist er total pünktlich. Vielleicht steht er im Stau.“

„Oder er will uns quälen“, knurrte Jonas.

Um zwanzig nach vier radelte Hannes auf die Ranch. „Und?“, fragte er, als er sie alle vor dem Stall sitzen sah. „Wer ist es geworden?“

Erst um kurz nach halb fünf fuhr Försters Sportwagen durchs Tor.

„Hallo zusammen!“, rief er beim Aussteigen. „Das ist ja eine richtige Versammlung! Wartet ihr auf was Bestimmtes?“

Damit sie in Ruhe reden konnten, lud Sue sie in ihre große Küche ein.

„Will jemand eine Cola?“, fragte sie.

„Nein danke“, sagte Tori, bevor einer der anderen irgendetwas entgegnen konnte. „Kommen wir lieber zur Sache.“

Förster lachte. „Die Einstellung gefällt mir.“ Dann räusperte er sich. „Also gut.“

Als er bedeutungsvoll in die Runde blickte, klopfte Hannahs Herz mit einem Mal wie verrückt.

Warum war sie so aufgeregt? Sie hatte ihren Teil geleistet und konnte voll und ganz mit sich zufrieden sein. Du lieber Gott, jetzt sah er sie auch noch an. Ihr Herz blieb fast stehen. Wollte er ihr etwas sagen? Nein, sein Blick wanderte weiter.

„Ich glaub, ich nehm doch eine Cola", sagte Viktor.

Alle brachen in erleichtertes Lachen aus. Auch Förster grinste, während Sue aufstand, um Viktor ein Glas zu bringen.

„Tori", sagte Förster dann.

„Was?" Ein spitzer, heller Schrei. „Wusste ich es doch!", jubelte Tori. „Hurra! Ich freu mich so!"

Förster hob warnend eine Hand. „Nicht so schnell."

Der Triumph verschwand aus Toris Gesicht, als habe ihn jemand weggewischt.

„Du warst nicht schlecht", sagte Förster. „Aber du kennst dein Pferd nicht richtig."

„Wie bitte?", fragte Tori verständnislos. „Ich reite Tibor seit vier Jahren."

„Das bedeutet noch lange nicht, dass du ihn kennst. Manche Leute reiten ein Pferd ihr halbes Leben lang und haben dennoch keine Ahnung von ihm. Wenn man dir beim Reiten zusieht, erkennt man sofort, dass du dich nicht richtig auf Tibor einlässt."

„Ich hatte gestern einfach einen schlechten Tag!", protestierte Tori. „Wirklich! Geben Sie mir noch eine Chance, dann zeige ich Ihnen …"

Förster lächelte und schüttelte gleichzeitig den Kopf.

„Juliana“, fuhr er dann fort.

Juliana lächelte tapfer, aber ein bisschen schief.

„Sehr schöne Übung, gut geritten.“ Mit einem Mal wurde ihr Lächeln sehr viel sicherer.

„Aber du bist mit dem Herzen nicht ganz bei der Sache“, sagte Förster bedauernd. „Weißt du, was ich damit meine?“

Juliana nickte unglücklich. „Ich glaube schon.“

„Auch du musst noch lernen, besser auf dein Pferd einzugehen.“

„Ich würde es ja so gerne lernen“, erwiderte Juliana kläglich.

Förster nickte. „Das wirst du auch, da bin ich mir ganz sicher.“ *Aber nicht von mir,* sagte sein Blick, der bereits zu Ayla weitergewandert war.

„Ayla?“

„Ja?“

„Du warst einfach super!“, sagte Förster. „Wirklich. Ich glaub, das war der mutigste Auftritt, den ich jemals gesehen habe.“

Ayla grinste breit. „Ach, kommen Sie. Das war der letzte Mist, den ich gestern gebracht habe.“

„Natürlich war es Mist“, stimmte Förster ihr zu. „Du hast nicht die geringste Ahnung vom Reining. Wahrscheinlich hast du es auch noch nie richtig trainiert.“ Jetzt nickten Ayla und Sue im Gleichtakt. „Aber dass du dich trotzdem getraut hast, mir diesen Spin und einen Sliding Stop vorzuführen ..." Er machte eine kleine Pause. „Ich vermute doch, dass das ein Sliding Stop sein sollte?"

„Ich glaube schon", meinte Ayla.

„Toll. Ayla, ich hab lange hin und her überlegt. Am Ende hat mich eine deiner Freundinnen einfach noch mehr überzeugt. Aber die Entscheidung ist mir wahnsinnig schwergefallen."

„Ist schon okay", sagte Ayla großzügig. „Um ehrlich zu sein, ich bin auch so irre stolz."

„Das kannst du auch sein." Nun wandte Förster sich an Sue. „Hast du vielleicht doch eine Cola für mich?"

„Du liebe Zeit", stöhnte Viktor. „Sie machen es aber spannend. Können Sie nicht einfach kurz sagen, wer jetzt der neue Westernstar wird? Sind ja nur noch zwei übrig. Sina oder Hannah – wie heißt unser Champion?"

Förster nahm unbeeindruckt sein Glas in Empfang. „Sina oder Hannah", wiederholte er dann nachdenklich. Bevor er weitersprach, trank er erst mal einen großen Schluck.

Bitte, bitte, bring's endlich zu Ende!, dachte Hannah, deren Herz inzwischen presslufthammerartig dröhnte. Sie konnte kaum noch verstehen, was Förster sagte. Sag mir, was du zu sagen hast, dachte sie, zerreiß mich meinetwegen in der Luft, aber bitte tu's schnell.

„Sina, du warst perfekt", begann Förster schließlich. „Man kann es nicht anders sagen. Souveräner Auftritt, deine Gelassenheit hat sich auf dein Pferd übertragen. Du hast Janko gut im Griff, aber gleichzeitig lässt du ihm eine Menge Freiheit. Ich bin sehr beeindruckt …"

„Aber?", unterbrach ihn Sina. „Das kommt doch jetzt, oder?"

Förster schüttelte den Kopf. „Aber da war eben eine, bei der ich noch mehr Potenzial sehe."

Er sah Hannah an.

Hannah starrte zurück.

Das ist ein Witz, dachte Hannah. Wahrscheinlich dachten die anderen dasselbe. Auf jeden Fall fehlten allen die Worte.

Ayla fasste sich als Erste wieder. „Wow! Hannah! Herzlichen Glückwunsch!" Sie sprang so abrupt auf, dass ihr Stuhl nach hinten kippte, rannte zu Hannah und umarmte sie. Auch die übrigen Mädchen drängten sich jetzt um Hannah und gratulierten ihr.

„Mensch, Hannah, wer hätte das gedacht!", meinte Tori, die sie als Letzte umarmte. Obwohl sie versuchte, so viel Freude wie möglich in ihre Stimme zu legen, hörte man sofort, dass sie selbst die Entscheidung nicht nachvollziehen konnte.

Nach den Mädchen gratulierten die Jungen, Viktor, Jonas und zum Schluss Hannes. „Du hast es wirklich geschafft", sagte er leise und gab Hannah einen Kuss auf die Wange. „Viel Glück."

Ihr Gesicht begann sofort zu glühen. Erst wählte

Förster sie aus und dann ein Kuss von Hannes. Das war alles zu viel, viel zu viel.

„Hey, hey, hey“, spottete Jonas. „Das hab ich genau gesehen.“

„Das genügt“, meinte Förster jetzt. „Nun kommt mal alle wieder runter.“

„Dass ich Hannah trainieren will, bedeutet erst mal gar nichts“, erklärte er, als sich alle einigermaßen beruhigt hatten. „Vielleicht passen sie und ich ja gar nicht zusammen. Vielleicht kommt sie mit mir als Trainer nicht klar, vielleicht komme ich mit ihr als Schülerin nicht zurecht. Vielleicht beenden wir unsere Zusammenarbeit in ein paar Tagen. Kann alles vorkommen.“

„Vielleicht haben Sie sich auch einfach in mir getäuscht“, sagte Hannah. Ihre Stimme klang so hell und dünn, dass sie sie selbst kaum wiedererkannte.

„Kann auch sein“, meinte Förster achselzuckend. „Wenn es so ist, werden wir es herausfinden. Die Qualifikation für das Turnier in Aachen findet in genau vier Wochen statt. Bis dahin haben wir noch eine Menge Arbeit vor uns. Schaffst du es, dreimal die Woche mit mir zu trainieren?“

Hannah nickte. Ihre Eltern würden alles andere als begeistert sein, aber sie würden es akzeptieren. Sie mussten es einfach akzeptieren.

Es war schließlich unfassbar, dass Förster sich ausgerechnet für sie entschieden hatte. Wahrscheinlich war es ein Irrtum. In ein paar Tagen würde er feststellen, dass er sie total überschätzt hatte. Aber bis dahin würde sie alles tun, um ihn nicht zu enttäuschen.

So eine Chance würde sie niemals wieder bekommen.

Vertrauen

„Du spinnst ja wohl komplett“, erklärte Frau Hoffmann, Hannahs Mutter. „Dreimal die Woche Reittraining, da kannst du das Schuljahr ja gleich freiwillig wiederholen. Das kommt überhaupt nicht infrage.“

„Ich wüsste auch gar nicht, wer das bezahlen soll“, sagte ihr Vater. „Ich nämlich bestimmt nicht. Die ganze Reiterei ist ohnehin schon viel zu teuer.“

„Wenn Hannah dreimal die Woche zum Reiten darf, krieg ich aber die coolen Sportschuhe, die wir in der Stadt gesehen haben“, fing Hannahs kleine Schwester Mara sofort zu nörgeln an.

„Und bei mir steht mal wieder eine Taschengelderhöhung an“, warf ihr älterer Bruder Max ein. „Ich hab im Internet nachgesehen. Fünfzehnjährige sollten 25 Euro im Monat bekommen.“

„Wer sagt das?“, fragte Herr Hoffmann.

„Das Familienministerium“, behauptete Max.

„Warum redest du dann mit mir? Geh doch nach Berlin und frag die nach dem Geld“, meinte sein Vater.

„Ihr könnt immer nur fordern, fordern, fordern“,

seufzte Frau Hoffmann. „Den Tisch kann ich bestimmt gleich wieder alleine abräumen …“

„Herr Förster ist ein berühmter Turnierreiter“, versuchte Hannah es noch einmal. „Er hat alle vorreiten lassen und dann hat er mich ausgewählt …“

„Haha. Ein berühmter Turnierreiter, der ausgerechnet auf die Sunshine Ranch kommt, um dich zu unterrichten. Klar doch“, spottete Max. „Fürs Taschengeld sind natürlich die Eltern zuständig“, fuhr er dann übergangslos fort. „Das Ministerium setzt nur die Richtlinien fest.“

„Dann solltest du deine Eltern verklagen“, riet ihm sein Vater. „Das Ministerium stellt dir bestimmt einen Anwalt.“

„Bitte, Papa!“, jammerte Hannah. „Das ist total wichtig für mich.“

„Ich weiß, Hannah“, sagte ihr Vater ernst. „Aber was nicht geht, geht eben nicht.“

Hannah starrte ihn wütend an. Statt sich gemeinsam mit ihr zu freuen und zu überlegen, wie man das Geld für den Reitunterricht vielleicht irgendwie aufbringen konnte, zogen ihre Eltern kurz und erbarmungslos einen Schlussstrich! *Was nicht geht, geht eben nicht.* Das war das Killerargument, das jede Diskussion beendete und sämtliche Hoffnungen zunichtemachte.

Mara fing jetzt wieder von ihren dämlichen Sportschuhen an. Hannah stand abrupt auf.

„Bist du schon fertig?“, fragte ihre Mutter. „Bleib doch wenigstens so lange sitzen, bis wir alle aufgegessen haben.“

Hannah setzte sich wieder hin. Sie saß ganz still und starrte auf die Brotkrümel auf ihrem Teller. Aber in ihr tobte und wütete ein Sturm.

Obwohl sie nur lächerliche zehn Reitstunden im Jahr nahm, war sie besser geritten als Tori, Sina und alle anderen Pferdemädchen. Sie hatte es geschafft. Einmal, ein einziges Mal, hatte sie vor allen anderen gestanden und nicht wie sonst am Ende der Schlange. Es war ein kurzer, wunderschöner Traum. Aber nun war sie aufgewacht und fand sich wieder ganz hinten auf dem letzten Platz.

„Es geht nicht“, erklärte Hannah Sue am nächsten Tag. „Meine Eltern können die zusätzlichen Reitstunden nicht bezahlen.“

Sie war direkt nach der Schule auf die Sunshine Ranch gefahren und in Sues Büro gestürmt, weil sie das Ganze so schnell wie möglich hinter sich bringen wollte.

„Kannst du es Herrn Förster sagen, damit er sich eine andere aussucht?“, fügte sie noch hinzu.

„Bezahlen?“, fragte Sue. „*I don't get it*. Hast du mit Uwe schon über die Kosten gesprochen?“

„Noch nicht. Aber selbst wenn er mir einen Sonderpreis macht, ist es unmöglich. Meine Eltern wollen kein

Geld dafür ausgeben. Und sie möchten auch nicht, dass ich so viel Zeit mit dem Reiten verbringe. Wegen der Schule."

„Hast du ihnen erklärt, worum es geht? Dass die Zukunft der Ranch auf dem Spiel steht?", fragte Sue.

„Die Ranch ist denen doch vollkommen egal", stieß Hannah wütend hervor. Dann begann sie zu weinen.

Sie hasste sich selbst dafür, dass sie in Tränen ausbrach. Aber nachdem sie einmal damit angefangen hatte, konnte sie nicht wieder aufhören.

Sue stand auf und legte ihren Arm um sie. „*Come on. It's okay*", murmelte sie. „Also, über die Kosten brauchen sich deine Eltern überhaupt keine Gedanken zu machen. Ich bezahle Uwe."

Hannah hob ihr nasses Gesicht und sah Sue ungläubig an. „Ist das dein Ernst?"

„Die andere Sache", fuhr Sue fort, als ob Hannah überhaupt nichts gesagt hätte, „ist komplizierter. Das viele Training in der Woche kostet natürlich eine Menge Zeit." Sie runzelte die Stirn. „Soll ich deine Eltern anrufen und mit ihnen reden? Vielleicht kann ich sie ja überzeugen. Was meinst du?"

Hannah schniefte. Sie suchte in ihrer Hosentasche nach einem Taschentuch und fand keines.

„Aber warum? Warum willst du das für mich tun?"

„Na hör mal." Sue reichte ihr ein Taschentuch. „Schließlich geht es hier um meine Ranch."

„Aber was ist … wenn Herr Förster sich in mir getäuscht hat?“, fragte Hannah, nachdem sie ihre Nase geputzt hatte. „Wenn ich seine Erwartungen nicht erfülle? Ich meine, du und ich, wir wissen doch beide, dass ich keine tolle Reiterin bin.“

Sue lachte. „Ich war schon immer der Meinung, dass eine ganze Menge in dir steckt. Du hast nur so wenige Reitstunden genommen, dass ich keine Chance hatte, es aus dir rauszuholen. Ich finde es super, dass Uwe das sofort erkannt hat. Er glaubt an dich – *and so do I.*“ Sie lächelte Hannah so liebevoll an, dass diese gleich noch mal eine Träne aus ihren Augen wischen musste.

„Ich rede mit deinen Eltern“, sagte Sue. „Wir kriegen das schon hin, Hannah.“

„Wahrscheinlich wirst du heute ziemlich enttäuscht sein“, sagte Förster. Er saß bereits auf der Abtrennung des Roundpens, als Hannah mit Acapulco zum Reitplatz kam.

„Warum?“, stammelte Hannah.

Hatte Förster etwa noch vor der ersten Reitstunde schlechte Nachrichten für sie? Jetzt, nachdem Sue es tatsächlich geschafft hatte, ihre Eltern davon zu überzeugen, dass Hannah das Training bei Förster machen durfte?

„Wirst du schon sehen.“ Förster grinste. „Also, dann mal los.“

Er schickte sie auf die eine Seite des Roundpens, während Acapulco auf der anderen Seite stehen blieb.

„Und nun hol ihn zu dir."

Hannah wollte auf ihr Pferd zugehen, aber Förster hielt sie zurück.

„Beweg dich nicht. Er soll zu dir kommen."

Sie blickte ihn verunsichert an. Wenn sie Acapulco auf der Weide zu sich rufen wollte, lockte sie ihn mit einer Möhre oder einem Stück Brot. Aber jetzt hatte sie weder das eine noch das andere in der Tasche.

Sie schnalzte mit der Zunge, streckte ihre Hand aus und hoffte, dass Acapulco neugierig genug war, sich trotzdem zu ihr zu bewegen. Aber der Wallach dachte gar nicht daran. Er senkte den Kopf und betrachtete interessiert seine Vorderhufe.

Hannah sah Hilfe suchend zu Förster. Förster lächelte. Sie begann zu schwitzen. Du liebe Zeit, so eine einfache Übung und sie versagte direkt!

„Acapulco!" Sie versuchte, Strenge und Autorität in ihre Stimme zu legen. Aber Acapulco war vollkommen unbeeindruckt. Er war schließlich kein Hund.

Wieder ein Blick zu Förster. Sein Lächeln hatte jetzt etwas Mitleidiges. Oder war es eher verächtlich?

Nun sprang er vom Gatter und stand ebenfalls im Roundpen. Er verharrte einen Moment vollkommen bewegungslos mit halb geschlossenen Augen. Dann schnalzte er leise mit der Zunge. Acapulco hob sofort den Kopf. Förster streckte seinen rechten Arm aus. Daraufhin setzte der Wallach sich in Bewegung, Schritt für Schritt ging er langsam auf den Reitlehrer zu, so als würde er von einer unsichtbaren Schnur angezogen.

Jetzt hatte Acapulco Förster erreicht. Die weichen, schwarz gesprenkelten Nüstern des Appaloosas berührten sanft seine Hand. Förster klopfte den Hals des Pferdes und streichelte es dann zwischen den Ohren. „Feiner Bursche, gut gemacht", hörte Hannah ihn murmeln.

Feiner Bursche. Hannah hätte schreien können. Noch nie zuvor war sie so sauer auf Acapulco gewesen.

„Warum kommt er zu mir, anstatt zu dir?" Förster sprach aus, was Hannah dachte.

Sie zuckte mit den Schultern. „Keine Ahnung."

Förster kam zu ihr herüber.

„Wie geht es dir?", fragte er, als er neben ihr stand.

„Mir?" Was war das denn für eine Frage? „Gut", sagte sie.

„Wirklich? Schließ mal deine Augen."

„Was?" Was sollte das denn jetzt? Was um alles in der Welt hatte Förster mit ihr vor?

„Vertrau mir", sagte er ruhig. „Mach die Augen zu."

Also gut. Sie schloss die Augen. Die Frühlingssonne schien rötlich durch ihre Lider.

„Und jetzt atme tief ein und aus. Und überleg dir dabei, wie es dir wirklich geht."

Hä? Wozu sollte dieser Hokuspokus denn gut sein? Egal, er war der Trainer. Wenn sie Erfolg haben wollte, musste sie sich auf ihn einlassen, sonst konnte sie gleich aufgeben.

Eine Weile lang atmete sie einfach nur ein und aus. Dann begann sie, in sich hineinzuhorchen.

„Wie geht es dir?“, fragte Förster, als sie nach einer Weile die Augen wieder aufschlug.

„Ich bin nervös und aufgeregt“, antwortete Hannah wahrheitsgemäß. „Ich hab tierische Angst, dass ich das Training gleich beim ersten Mal vermassele und Sie mich fallen lassen. Und ich bin sauer auf Acapulco, weil er nicht zu mir gekommen ist.“

„Sehr gut“, sagte Förster zufrieden.

Hannah fühlte eine große Erleichterung. Den ersten Test hatte sie anscheinend bestanden, auch wenn sie nicht genau wusste, worin sie überhaupt geprüft worden war.

„Es ist der erste Schritt“, erklärte Förster. „Du musst dir darüber im Klaren sein, was du empfindest. Ob du wütend, traurig, überglücklich oder enttäuscht bist.“

„Warum ist das so wichtig?“

„Weil dein Pferd dasselbe spürt. Acapulco merkt sofort, wie du dich fühlst. Und er bezieht deine Unzufriedenheit, Wut oder Freude immer auf sich. Als du heute mit ihm in den Roundpen gekommen bist, wollte er weg von dir. Weil er gemerkt hat, wie nervös du warst.

Das hat ihn zutiefst verunsichert. Deshalb ist er nicht zu dir gekommen, als du gerufen hast."

„Aha", meinte Hannah. „Aber was soll ich dagegen tun?"

„Wogegen?"

„Ich kann meine Gefühle doch nicht abstellen. Wenn ich nervös bin, bin ich nervös."

„Du sollst nichts abstellen. Du sollst deine Empfindungen nur bewusst zur Kenntnis nehmen. Und wenn du nun auf Acapulco zugehst", Förster ergriff Hannahs Hand und führte sie langsam zu ihrem Pferd, „sagst du ihm: Ich bin nervös und unsicher. Aber das liegt an diesem Idioten neben mir und hat nichts mit dir zu tun."

Jetzt ließ Förster Hannahs Hand wieder los. Sie zögerte einen Moment lang, dann ging sie allein weiter. Ich bin nervös und aufgeregt, dachte sie, während sie Acapulco fest in die Augen blickte. Aber nicht wegen dir. Wir beide kennen uns schon lange und du bist mir so vertraut wie kein anderer auf der Welt.

Ein paar Meter vor ihm blieb sie stehen. Sie streckte ihre Hand aus. „Komm, Acapulco", murmelte sie. „Komm zu mir."

Da hob er den Kopf und kam langsam, ganz langsam näher.

Ihr Fahrrad schwebte förmlich über die Straße, als sie nach Hause radelte. „Ich bin sehr zufrieden mit dir", hatte Förster am Ende der Stunde zu ihr gesagt. „Ich habe bisher selten erlebt, dass eine Schülerin meine Anleitungen so schnell umsetzen konnte."

„Aber warum haben Sie vorhin gemeint, dass ich enttäuscht sein werde?", wollte Hannah wissen.

„Weil es fast allen meinen Schülern so geht. Sie wollen direkt losgaloppieren, Spins und Sliding Stops und Rückwärtsrichten und weiß der Teufel was. Und dann beginnt das Training so langsam und unspektakulär. Das nervt die meisten."

„Mich nicht", sagte Hannah. „Ich bin kein bisschen enttäuscht. Im Gegenteil."

Förster lächelte. „Ich weiß. Du bist eben anders als die anderen." Er streckte ihr seine Hand hin. „Ich bin übrigens Uwe. Wir können gerne Du zueinander sagen."

Ich hab es gut gemacht!, dachte Hannah, während ihr Fahrrad über den Radweg schwebte. Dass sie anders war als die anderen, wusste sie schon lange. Aber dass das einer gut fand, das war neu.

Flatrate-Day

„Ich muss dir was erzählen, Myriam", sagte Hannah. „Stell dir vor, bei diesem Turnier in Aachen mach ich ebenfalls mit. Ich werde alles dafür tun, dass die Sunshine Ranch gewinnt. Aber ich trete nicht gegen dich an. Ich reite Trail und du Reining, wir kommen uns also nicht in die Quere."

Jetzt war es raus. War ja wirklich nicht schwer gewesen. Trotzdem hatte sie bestimmt eine Stunde lang nach den richtigen Worten gesucht. Es war ihr so wichtig, Myriam zu erklären, dass sie auch in Zukunft wieder Freundinnen sein konnten.

Es gab da nur ein winziges Problem. Hannah hatte nicht mit Myriam geredet, sondern mit ihrem eigenen Spiegelbild.

„Hannah!" Das war ihre Mutter. „Du musst los, sonst kommst du zu spät zur Schule."

Seufzend spülte Hannah die Zahnbürste aus und stellte sie zurück in den Zahnputzbecher. Sie streckte ihrem Spiegelbild die Zunge heraus. Ihr Gegenüber tat es ihr gleich.

Seit Anfang der Woche drückte sie sich um die Aussprache mit Myriam herum wie Washington um ein Vollbad. Aber heute würde sie mit Myriam reden, das hatte Hannah sich fest vorgenommen. Und was sie sich vorgenommen hatte, das schaffte sie auch, das hatte sie in Uwes Reitstunden gelernt.

Uwe brachte Hannah nämlich nicht nur das Westernreiten bei. Er stellte ihr ganzes Wesen auf den Kopf. Durch einfache Übungen und Aufgaben zeigte er ihr, wie sie ruhiger werden und ihre Gelassenheit auf Acapulco übertragen konnte. Neulich hatte er sie mit verbundenen Augen auf dem Appaloosa reiten lassen. Und danach hatte er Acapulco die Augen verbunden. „Vertrauen", sagte Uwe, „ist das A und O beim Reiten. Wenn dein Pferd dir vertraut und du deinem Pferd vertrauen kannst, dann habt ihr schon gewonnen."

Hannah hatte ihm erzählt, dass Myriam für die Kingsize Ranch im Reining starten wollte. „Obwohl sie es bisher nie trainiert hat?", hatte Uwe skeptisch gefragt. „Ich kann mir nicht vorstellen, dass Petersen sich auf so was einlässt. Aber ist ja auch vollkommen egal. Myriam kann reiten, was sie will, du trittst für die Sunshine Ranch im Trail an. Und gewinnst. Gegen wen auch immer. Alles andere interessiert uns nicht."

So einfach war das für ihn.

Und so einfach erschien es plötzlich auch Hannah. Immerhin hatte Uwe ihr in drei Trainingseinheiten mehr beigebracht, als sie in den letzten vier Jahren gelernt hatte.

Sogar ihren Eltern war schon aufgefallen, dass sie sich verändert hatte. „Du bist ja wie ausgewechselt“, hatte ihre Mutter gestern anerkennend bemerkt. „So selbstbewusst und stark. Richtig erwachsen kommst du mir vor.“

„Das liegt nur daran, dass sie sich in den Reitlehrer verknallt hat“, spottete Max.

„Na, wenn das der Effekt ist, dann solltest du dich auch schleunigst mal verlieben“, entgegnete Frau Hoffmann lächelnd.

Als Hannah ihr Fahrrad vor der Schule abschloss, war ihr allerdings doch plötzlich flau im Magen. „Ich muss dir was erzählen, Myriam“, murmelte sie vor sich hin. „Stell dir vor, bei diesem …“

„Führst du Selbstgespräche?“

Mist. Tori hatte sich unbemerkt von hinten genähert.

„Nee, ich hab mir nur vorgenommen …“

Aber Tori redete schon weiter. „Hast du's schon gehört? Heute Nachmittag ist Flatrate-Day auf Kingsize.“

„Was heißt das denn?“

„Man zahlt fünfzehn Euro und kann dafür reiten, so lange man will.“

„Aha“, machte Hannah. „Und?“ Sie überlegte, wie sie Tori am besten abschütteln konnte. Bevor sie ins

Klassenzimmer kam und Myriam traf, wollte sie sich die Worte noch einmal ins Gedächtnis rufen, die sie sich zurechtgelegt hatte. Damit sie nicht aus Versehen alles verpatzte.

„Da gehen wir natürlich hin", erklärte Tori.

„Wohin?", fragte Hannah geistesabwesend.

„Mann, hörst du mir nicht zu? Dieser Flatrate-Day ist die ideale Gelegenheit, den Feind kennenzulernen."

„So ein Quatsch!" Hannah sah Tori verständnislos an. „Das meinst du nicht ernst, oder?"

„Warum denn nicht?"

„Auf Kingsize ist Myriam. Und wenn sie uns sieht, dann weiß sie sofort, dass wir nur gekommen sind, um die Ranch auszuspionieren."

„Na und? Soll sie denken, was sie will. Sina …"

„Ihr könnt meinetwegen machen, was ihr wollt", unterbrach Hannah sie. „Ich komme auf gar keinen Fall mit. Myriam ist meine Freundin, falls du das vergessen haben solltest."

Tori gab natürlich nicht so schnell auf. Sie redete auf Hannah ein, bis sie das Klassenzimmer erreicht hatten. Erst als Hannah ihren Rucksack unter ihre Bank schob, ließ Tori von ihr ab und verzog sich auf ihren eigenen Platz neben Sina.

Verdammt. Nun war Hannah völlig durcheinander. In weniger als zehn Minuten fing der Unterricht an und sie wollte unbedingt vorher mit Myriam reden. Wo blieb sie überhaupt?

Als ihre Freundin endlich den Raum betrat, zwang sich Hannah, ruhig zu atmen. Ein und aus, ein und aus. So wie Uwe es ihr beigebracht hatte.

„Ich muss dir was erzählen, Myriam“, begann sie, sobald Myriam sich auf dem Stuhl neben ihr niedergelassen hatte.

„Guten Morgen!“

Das war ja gar nicht Myriam, die jetzt ihre Englischsachen und ihr Mäppchen aus der Tasche zog und vor sich ausbreitete. Es war Rebecca, die eigentlich vorne in der ersten Reihe saß. „Was machst du denn hier?“, fragte Hannah.

„Myriam und ich haben Plätze getauscht“, sagte Rebecca. „Sie wollte gerne nach vorne und mir ist es egal. Für Frau Possin ist es okay.“

„Und mich fragt keiner?“, fragte Hannah.

„Hat Myriam nicht mit dir gesprochen?“, erkundigte sich Rebecca befremdet.

Kein Wort. Sie hatte sich einfach nach vorn gesetzt, ohne einen Satz der Erklärung, ohne den Versuch einer Entschuldigung.

Die Nervosität, die Hannah gerade noch gespürt hatte, ballte sich in ihr zusammen wie eine Faust.

Na warte, dachte sie finster. Ich kann auch anders. Wenn du es so willst.

„Kingsize Westernranch" verkündete das riesige Holzschild vorne an der Straße. Keiner, der vorüberfuhr, konnte es übersehen.

„So ein Schild bräuchten wir auch", meinte Sina, als die Reitermädchen daran vorbeiradelten. „Zur Sunshine Ranch müssen sich die Leute immer erst mühsam durchfragen."

„Wenn Sue Robert nicht zum Teufel geschickt hätte, könnte er ihr eines gestalten", sagte Ayla bedauernd.

„Wenn er ihr mal eines gestaltet hätte, hätte sie ihn vielleicht auch nicht zum Teufel geschickt", merkte Tori an. „Aber er war ja die ganze Zeit damit beschäftigt, ihr Eifersuchtsszenen zu machen. Da blieb keine Zeit für Schilder."

„In puncto Werbung könnte Sue einiges von Kingsize lernen", stellte Juliana fest, während sie einen Infoprospekt von einem Tisch nahm, der am Eingang der Ranch aufgebaut war. „Die sind hier echt professionell."

„Gib mir auch einen!", sagte Tori. „Ist schließlich umsonst."

„Ich bin gespannt, ob sie uns auch gleich wieder wegschicken, so wie damals Sue", überlegte Sina. „Wahrscheinlich macht Myriam den Superaufstand, wenn sie uns hier sieht."

„Lassen wir uns überraschen", sagte Tori.

Mit klopfendem Herzen suchte Hannah den Hof der

Kingsize Ranch nach Myriam ab, aber sie konnte sie nirgends entdecken. Dafür wimmelte das Gelände von Besuchern. Mütter mit ihren Töchtern, Mädchen mit ihren Freundinnen, Großmütter mit ihren Enkelinnen. Hier und dort waren auch ein paar vereinzelte Jungen zu sehen.

„Ich glaub, sie ist gar nicht da", stellte Tori fest. „Eigentlich schade. Ich hätte gerne ihr Gesicht gesehen, wenn sie uns entdeckt."

„Vielleicht kommt sie ja noch", warf Juliana ein.

Ayla blickte sich anerkennend um. „Hier sieht's gar nicht mal so übel aus."

Hannah schluckte. *Gar nicht mal so übel* war ja wohl die totale Untertreibung. Die Kingsize Ranch war ein Traum.

Vor ihnen lag ein riesiger, lichtdurchfluteter Pferdestall. An jede einzelne Box schloss sich ein großzügiger Paddock an, dahinter konnte man einen weiten Putz- und Sattelplatz erkennen. Neben dem Stall stand eine moderne Reithalle aus hellem Holz, mit einem halbrunden Glasdach.

„Die Kingsize Ranch verfügt über vier Roundpens, drei Pferdekoppeln und ein idyllisches Außengelände für Ausritte", las Sina aus der Werbebroschüre vor.

„Und ein modernes Coachingzentrum", ergänzte Juliana. „Was immer das heißen mag."

„Alles kingsize eben", sagte Ayla.

„Wo ist der Haken?“, fragte Tori.

„Vielleicht gibt es keinen“, meinte Hannah. Bis jetzt übertraf alles ihre Erwartungen.

„Es gibt immer einen Haken“, beharrte Tori.

„Hi!“ Eine hübsche junge Frau in Jeans und Westernstiefeln kam direkt auf sie zu. „Ihr seid zum ersten Mal hier, oder?“, fragte sie.

„Wie kommen Sie darauf?“, fragte Tori zurück.

„Ihr wirkt ein bisschen verloren. Wenn ihr wollt, führ ich euch ein bisschen rum.“

„Sind Sie hier von der Ranch?“, erkundigte sich Ayla.

„Heike Petersen“, stellte sich die Frau vor.

„Sind Sie die Tochter von Herrn Petersen?“, fragte Sina neugierig.

Heike Petersen schüttelte den Kopf, sodass ihr blonder Pferdeschwanz hin- und herwippte. „Seine Frau. Aber danke für das Kompliment. Also, habt ihr Lust auf eine Sightseeingtour?“

„Die ist ja total nett“, flüsterte Juliana Hannah zu, nachdem Heike ihnen die große Reithalle und sämtliche vier Roundpens gezeigt hatte. „Und die Ranch ist einfach toll.“

„Kannst dich ja gleich zum Kurs anmelden, wenn du so begeistert bist“, gab Hannah zurück.

„So ein Blödsinn“, wehrte Juliana empört ab.

„Können wir denn auch noch einen Blick in Ihr Coachingzentrum werfen?“, fragte Tori im gleichen Moment mit lauter Stimme.

„Sicher.“ Heike holte einen Schlüsselbund aus der Tasche und führte sie zu dem hellen Flachbau neben dem Büro. „Das Coachingzentrum nutzen wir nur für unsere Turnierreiter. Wir zeichnen den Reitunterricht auf Video auf und analysieren hinterher die Bewegungsabläufe am Computer. Außerdem findet hier das Mental Training vor den Wettkämpfen statt.“

„Das was?“, fragte Ayla.

„Mental Training. Das ist eine neue psychologische Methode, die in den Vereinigten Staaten zur Wettkampfvorbereitung von Leistungssportlern entwickelt wurde. Durch Mental Training kann man Lampenfieber und Prüfungsangst optimal bekämpfen.“

„Wow.“ Hannah war beeindruckt.

„Die erfolgreiche Turnierbegleitung unserer Schüler hat einen hohen Stellenwert für uns“, erklärte Heike. „Und wie erfolgreich wir mit unserem Konzept sind, erkennt man hier.“ Mit einem stolzen Lächeln führte sie die Freundinnen zu einer Wand, die über und über mit Urkunden und Medaillen bedeckt war. In zwei Vitrinen drängten sich mindestens zwanzig Pokale. „Das ist nur ein Teil unserer bisherigen Auszeichnungen.“

„Wo kommt das denn alles her?“, fragte Tori. „Ich dachte, Sie haben eben erst aufgemacht?“

„Mein Mann und ich sind schon seit vielen Jahren als

Reitlehrer selbstständig. Wir haben jahrelang in Kanada gearbeitet, dann in den USA. Kingsize ist unsere erste eigene Ranch, das stimmt. Aber die Medaillen und Pokale haben wir uns alle redlich verdient."

„Wow", sagte Hannah noch einmal. Sie fühlte sich auf einmal so klein und mutlos, dass sie am liebsten einfach kehrtgemacht hätte und sofort wieder abgehauen wäre. Diese Pokale und Medaillen, die Videoaufzeichnungen und Psychoprogramme – Heike hatte Recht: Als Reiter auf Kingsize wurde man wirklich systematisch aufgebaut.

Hannah dagegen ritt auf der Sunshine Ranch mit verbundenen Augen durch den Roundpen, um Vertrauen zu ihrem Pferd aufzubauen. Das war ja total lächerlich.

„Genug gesehen?", fragte Heike.

Hannah nickte schwach.

Zweifel

„So, jetzt hab ich aber viel erzählt“, sagte Heike, als sie das Coachingzentrum wieder abschloss. „Nun muss ich euch mal was fragen.“

„Was wollen Sie denn wissen?“, erkundigte sich Ayla.

„Ihr seid die Sunshine-Mädchen, oder?“

Diesmal verlor sogar Tori kurz die Fassung.

„Woher wissen Sie das?“, stammelte sie erschrocken.

„Myriam hat uns vorgewarnt, dass ihr wahrscheinlich heute hier aufkreuzen würdet.“ Heike lachte herzlich. „Und als ich euch fünf dann sah, wusste ich sofort Bescheid.“

Es war aber auch zu bescheuert von ihnen, dass sie im Fünferpack hier aufgetaucht waren, dachte Hannah zerknirscht. Wenn sie zu zweit und zu dritt über das Gelände gegangen wären, wären sie in den Besuchermassen bestimmt nicht aufgefallen. Aber hinterher war man immer klüger.

„Sind Sie jetzt sauer?“, fragte Juliana betreten.

Heike schüttelte den Kopf. „Ach Quatsch, warum denn? Ich freu mich doch über euer Interesse.“

„Aber Sue haben Sie damals direkt rausgeworfen, als sie Sie besucht hat“, wandte Tori ein.

„Sue?“

„Sue Mirador. Die Besitzerin der Sunshine Ranch“, erklärte Tori.

Heike zuckte mit den Schultern. „Ich soll sie rausgeworfen haben?“

„Na, nicht Sie persönlich“, sagte Ayla. „Aber einer Ihrer Angestellten.“

Heike wirkte ehrlich betroffen. „Oh weh, wirklich? Davon weiß ich nichts, aber das kann natürlich sein. Für die Leute hier ist alles so neu, da hat vielleicht einer überreagiert. Gerade in den ersten Tagen ging alles drunter und drüber. Das tut mir wirklich leid ...“ Sie nagte gedankenverloren an ihrer Unterlippe. „Ich kann mir vorstellen, dass sie sauer ist. Sagt ihr einen schönen Gruß von mir. Also, ich würd mich freuen ... Ach, vielleicht ruf ich sie einfach mal an.“

„Das ist bestimmt eine gute Idee“, sagte Juliana. „Sue ist nämlich total nett.“

„Dann meld ich mich auf jeden Fall bei ihr.“ Jetzt strahlte Heike Juliana an, als ob sie ihr die größte Freude aller Zeiten gemacht hätte.

Es war zum Verrücktwerden. Heike war einfach makellos. Offen, lustig und durch und durch sympathisch.

„Da kommt mein Mann!“, rief sie jetzt. „Andreas? Komm doch mal eben rüber!“

Ein durchtrainierter, schlanker Mann drehte sich zu ihnen um. Er trug ebenfalls Cowboystiefel, dazu Breeches, ein Karohemd und einen Westernhut. Die Uniform der Westernreiter.

„Hi." Andreas Petersen war ein bisschen älter als seine Frau, aber er sah genauso nett aus wie sie. Aus strahlend blauen Augen musterte er die Freundinnen neugierig.

„Das sind die Sunshine-Mädchen, vor denen uns Myriam gewarnt hat", erklärte Heike lächelnd.

„Gute Güte." Er riss in gespieltem Entsetzen die Augen auf. „Ich hab mir euch viel schlimmer vorgestellt."

„Schicke Ranch haben Sie hier", sagte Tori. „Wirklich."

„Vielen Dank." Er legte den Zeigefinger an den Rand seines Hutes.

„Also, was ist?", fragte Heike nun. „Habt ihr Lust auf einen Proberitt oder seid ihr nur zum Gucken gekommen?"

„Sieht so aus, als ob wir ziemlich lange auf ein Pferd warten müssten", meinte Tori mit einem skeptischen Blick zum Stall. Vom Sattelplatz aus zog sich die Warteschlange s-förmig über den ganzen Hof.

„Tja, der Andrang ist leider ziemlich groß", sagte Heike.

„Leider? Zum Glück!", rief ihr Mann. „Aber du hast natürlich Recht. Das mit dem Ausritt könnte heute wirklich dauern. Vielleicht kommt ihr besser an einem anderen Tag wieder. Wenn ihr vorher anruft, kann ich euch fünf Pferde reservieren, dann könnt ihr direkt loslegen. Unsere Broschüre habt ihr ja schon. Da findet ihr alle wichtigen Informationen."

„Okay", sagte Tori. „Also, dann ... auf Wiedersehen."

„Würde mich freuen", sagte Petersen. „Wenn wir uns wiedersehen, meine ich."

Dabei lächelte er sie so warm an, dass alle fünf zurücklächelten. Sie konnten gar nicht anders.

Lachhaft. Das Ganze war einfach total lachhaft.

Hannah schob Acapulco das Bit in den Mund und zog das Westernzaumzeug über seine Ohren. Dann befestigte sie das Halfter an dem Ring.

Sie war eine naive, blöde Kuh. Und Uwe war ein Volltrottel. Er musste ein Volltrottel sein, sonst hätte er sie ja nicht ausgewählt. Einem Blinden wäre sofort aufgefallen, dass Hannah die schlechteste und unsicherste Reiterin auf der Sunshine Ranch war. Aber Uwe hatte sich ausgerechnet für sie entschieden.

In zwei Wochen wollte er sie zur Vorausscheidung für das große Westernturnier in Aachen schicken. Und dort würde sie dann gegen richtige Reiter antreten. Gegen Profis wie Myriam, die auf der Kingsize Ranch nach allen Regeln der Kunst ausgebildet worden war.

„So ein Idiot.“ Hannah warf Acapulco zuerst die Decke, dann den Sattel über. Danach bückte sie sich, um den Sattelgurt unter seinem Leib zu sich zu ziehen.

„Wer?“

Sie fuhr so erschrocken hoch, dass sie mit dem Hinterkopf gegen Acapulcos Bauch stieß. Zum Glück war er weich.

„Was machst du denn hier?“

Hannes stand in der Stallgasse vor der Box, einen Sattel und Zaumzeug in den Armen.

„Rate mal“, meinte er, während er die Absperrung öffnete, hinter der Camilla stand.

„Du willst ausreiten.“

„Bingo. Sue hat mich gebeten, mich ein bisschen um Camilla zu kümmern. Die arme verlassene Seele. Und als ich reinkam, hab ich dich murmeln und schimpfen gehört. Was gibt es denn?“

„Nichts“, sagte Hannah und beugte sich rasch wieder zu dem Sattelgurt hinunter, damit Hannes ihr rotes Gesicht nicht sah.

„Es ist wegen dieser bescheuerten Kingsize Ranch, hab ich Recht?“

Nun hob sie den Kopf wieder und starrte ihn an.

„Ihr wart gestern dort, oder?“, fuhr er fort. „Und jetzt fragst du dich“, während er mit ihr sprach, zog Hannes Camillas Kopf zu sich und legte ihr das Zaumzeug an, „ob Uwe die richtige Strategie verfolgt.“

„Also …“, begann Hannah.

„Halt, nein, sag nichts!“, unterbrach Hannes sie. „Ich korrigiere mich. Du fragst dich nicht, ob er Recht hat, du bist im Gegenteil felsenfest davon überzeugt, dass er total danebenliegt.“

Hannah räusperte sich. „Na ja“, begann sie dann gedehnt. „Wenn du die Kingsize Ranch auch gesehen hättest …“

„Ich hab sie ja gesehen.“

„Wie bitte? Du warst auch da?“

„Na klar. Ich musste doch wissen, was Andreas so aufgebaut hat.“

„Andreas? Kennst du Herrn Petersen persönlich?“

„Klar. Ich bin ja früher selbst Turniere geritten. Da läuft man sich zwangsläufig über den Weg.“

„Uwe kennt dich auch von früher“, fiel es Hannah jetzt ein.

„Genau. Die Westernszene ist ziemlich überschaubar. Man trifft immer wieder die gleichen Leute.“

„Warum hast du aufgehört?“, fragte Hannah.

„Persönliche Gründe. Meine Mutter ist gestorben, das weißt du ja. Und dann kam mir dieser ganze Hype um Pokale und Medaillen plötzlich so bescheuert vor. Da hab ich das Turnierreiten an den Nagel gehängt. Ich habe es nie vermisst, muss ich ehrlich sagen.“

„Und was hältst du von Uwe?“, fragte Hannah. „Glaubst du, er ist gut? Als Trainer, meine ich. Kannst es mir ruhig sagen“, fügte sie mit leicht gepresster Stimme hinzu, als Hannes nicht sofort antwortete.

„Ja“, sagte er, nachdem er noch eine Weile über die Frage nachgedacht hatte. „Ich finde ihn gut.“

Ich finde ihn gut. Das war ja wohl ein bisschen wenig. Super, großartig, phänomenal. Das waren die Worte, die sie jetzt hören wollte. Einfach nur gut reichte nicht.

„Ich weiß nicht.“ Hannah lehnte sich noch einmal mit ihrem ganzen Gewicht gegen den Sattelgurt, bevor sie ihn schloss. „Ich hab das Gefühl, ich müsste viel mehr lernen.“

„Weil Förster nicht so ein Supercoaching-Psychozentrum hat, sondern ganz einfache Methoden?“

„Na ja.“

„Glaub mir, er weiß, was er tut. Ich bin der Meinung, du kannst ihm vertrauen. Wirklich.“

Es war, als ob Uwe ihre Unterhaltung mit Hannes mit angehört hätte. Auf jeden Fall wirkte er wie ausgewechselt, als Hannah mit Acapulco auf den Reitplatz kam.

„Dann wollen wir mal.“ Er klatschte energisch in die Hände. „Ab jetzt starten wir richtig durch. Wir haben nämlich noch genau zwei Wochen bis zur Qualifizierung für Aachen.“

„Eben“, sagte Hannah. „Meinst du denn, ich hab überhaupt Chancen?“

„Dass du es schaffst, ist überhaupt keine Frage“, meinte Uwe. „Aber ich will, dass du bei der Vorausscheidung richtig Eindruck machst. Die Damen und Herren Wettkampfrichter sollen merken, dass hier ein neues Talent antritt, mit dem man rechnen muss.“

Hannahs Herz klopfte schneller. *Ein neues Talent, mit dem man rechnen muss.*

„Ich hab dir was mitgebracht.“ Uwe reichte ihr ein Blatt Papier.

„Das Wettkampfpattern?“, fragte Hannah.

„Natürlich nicht. Das endgültige Pattern für die Vorausscheidung kriegen wir erst ein paar Tage vor dem Turnier. Aber der Parcours könnte ungefähr so aussehen wie dieser Entwurf. Ich möchte, dass du dir das Pattern ein paar Minuten ansiehst, genau einprägst und es mir dann vorreitest.“

Was? In ein paar Minuten sollte sie das Pattern auswendig lernen?

„Das schaff ich nicht.“

„Diesen Satz“, sagte Uwe ernst, „will ich nie mehr von dir hören. Nie mehr. Hast du das verstanden, Hannah?“

Seine Stimme hatte plötzlich einen fast scharfen Ton. Sie nickte erschrocken.

„Es kommt mir darauf an, dass du versuchst, dir möglichst viel zu merken. Im Ernstfall hast du ein paar Tage Zeit, um ein Pattern einzustudieren. Aber je schneller du die Abläufe erfasst und nachvollziehst, desto mehr Zeit bleibt dir zum Üben."

Hannah starrte auf das Blatt. Oben sah man ein Wirrwarr aus gestrichelten, gepunkteten und durchgezogenen Linien, die mit Zahlen von 1 bis 10 versehen waren. Darunter stand eine kurze Auflistung der einzelnen Übungen.

1) (Start) walk
2) Lope over poles
3) Jog over poles
4) Back up Slalom
5) Sidepass left
…

„So", sagte Uwe und streckte seine Hand nach dem Blatt aus. „Dann wollen wir mal sehen, was du davon in Erinnerung hast."

Sie blickte ihn entsetzt an. „Aber ich bin noch nicht fertig!"

Er nahm ihr das Blatt lächelnd aus der Hand. „Egal. Zeig mir, an was du dich erinnerst."

Er hatte den Parcours im Roundpen schon vorbereitet und die verschiedenen Hindernisse aufgestellt. In der Mitte des Platzes lag ein doppeltes Stangenkreuz, rechts davon waren fünf rot-weiß gestreifte Hütchen aufgestellt. Dahinter die Holzbrücke …

„Los geht's!", rief Uwe.

Sie atmete tief ein und schwang sich auf Acapulcos Rücken.

Walk. Das bedeutete Schritt, das war einfach. *Lope over poles.* Hannah brachte Acapulco in einen leichten Galopp. So wie es auf der Skizze vorgegeben worden war, überquerte sie das Stangenkreuz von links nach rechts und zum Schluss noch einmal im Zickzack. Danach wiederholte sie das Gleiche im Trab. *Jog over poles.* Und dann?

Ihr Blick flog ratlos über den Roundpen. Die Hütchen am rechten Rand. *Back up Slalom.*

Sie trabte mit dem Appaloosa zum vordersten Hütchen, dann dirigierte sie ihn langsam, Schritt für Schritt, rückwärts um die Hindernisse herum. Das war die schwierigste Übung, denn Acapulco hasste Rückwärtsgehen. Erstaunlicherweise machte er heute jedoch nicht die geringsten Anstalten, nach vorne auszubrechen. Ohne Widerstand ließ er sich von Hannah lenken, linksherum, rechtsherum, bis zum letzten Pylon. Und nun?

Sidepass left. Daran erinnerte sie sich noch. Danach hatte sie nicht mehr weitergelesen. Aber links von den Hütchen stand die Holzbrücke. Es war also mehr als naheliegend, dass sich an den Sidepass das Überqueren der Brücke anschloss. Schritt oder Trab?

Sie entschied sich für Trab, weil es schwieriger war.

Auch diese Übung absolvierte Acapulco perfekt. Dabei war sie seit Wochen nicht mehr mit ihm über die Brücke gegangen.

Danach kam sie wirklich ins Schwimmen. Sie versuchte sich die Skizze wieder ins Gedächtnis zu rufen. Die Linien hatten von der Brücke zurück zum Stangenkreuz geführt. Schritt, Trab oder Galopp? Hannah hatte keinen blassen Schimmer. Sie erinnerte sich nur noch daran, dass irgendwo Hufeisen eingezeichnet waren. Das bedeutete, dass Acapulco anhalten musste. Aber wo?

Hannah entschied sich für die zweitletzte Stange.

Beim ersten Signal ihrer Schenkel stand Acapulco so still wie ein aus Bronze gegossenes Reiterstandbild.

Noch ein Schenkeldruck. Er setzte sich wieder in Bewegung, trabte zum Tor und verharrte davor lange genug, bis sie sich nach vorne gebeugt hatte, um es aus dem Sattel heraus zu öffnen. Sie lenkte Acapulco hindurch, schloss das Tor wieder und sprang schließlich aus dem Sattel.

„Hervorragend“, sagte Uwe.

„Wirklich?“ Während des Reitens war sie ganz ruhig gewesen, aber jetzt schlug ihr Herz plötzlich wie verrückt.

„Am Anfang hast du dich auch einigermaßen an das vorgegebene Pattern gehalten. Aber nach der Brücke stimmte überhaupt nichts mehr.“

„Oh", sagte Hannah betroffen. „War es echt so schlimm?"

„Du hättest die Stangen zum Schluss noch einmal s-förmig überreiten sollen. Im Schritt. Und das Tor solltest du rückwärts passieren. Aber egal. Die Übungen waren sehr sauber geritten, Acapulco hat prima reagiert. Weich und souverän."

„Aber?"

„Nichts aber. Ich habe hier ein bisschen Material für dich." Uwe reichte ihr einen Stapel Blätter. Es waren sieben verschiedene Patterns, stellte sie beim Durchsehen fest.

„Schau sie dir gut an", meinte er. „Beim nächsten Mal lass ich dich zwei davon vorreiten."

„Welche beiden?"

„Das wüsstest du gerne." Er grinste. „Du musst sie schon alle lernen. Und behalten."

Hannah verzog das Gesicht. „Das ist ja schlimmer als unregelmäßige Verben in Französisch."

Er lachte, aber dann wurde er plötzlich wieder ernst. „Ist dir denn heute bewusst geworden, wie viel du in den letzten Stunden gelernt hast?"

Sie dachte an Acapulcos Back up Slalom. Wie er auf den kleinsten Schenkeldruck, das winzigste Signal ohne Zögern reagiert hatte. *Wenn dein Pferd dir vertraut und du deinem Pferd vertrauen kannst, dann habt ihr schon gewonnen,* hatte Uwe vor zwei Wochen zu ihr gesagt.

Sie nickte.

„Na dann: viel Spaß beim Auswendiglernen“, sagte Uwe.

„Danke“, sagte Hannah. „Nicht nur für die Patterns. Sondern … für alles.“

Die Vorausscheidung

Hannah bekam die Startnummer 31. „Das ist dreizehn von hinten“, sagte sie düster, als ihr einer der Wettkampfrichter ihre Startunterlagen aushändigte. „Eine Unglückszahl.“

„Du spinnst“, meinte Hannes.

Er war zusammen mit seinem Vater, Sue, Tori und Sina heute Morgen in Aachen angekommen. Hannah war völlig von den Socken gewesen, als sie sie vor der Reithalle getroffen hatte. „Das wäre doch nicht nötig gewesen!“

„Na hör mal“, meinte Tori. „Wir müssen dich doch anfeuern.“

„Hm, diese Stimmung, diese Atmosphäre!“ Sue zog genießerisch die Luft ein. „Am liebsten würde ich auch gleich mit antreten.“

„Echt?“ Hannes verzog das Gesicht. „Ich bin bloß froh, dass ich nicht mitmache.“

Das konnte Hannah nur zu gut nachvollziehen. Am liebsten hätte sie ihre Anmeldung direkt wieder zurückgezogen. Ihr war schlecht vor Aufregung.

Es lag an der Stimmung in der Reithalle. Die Luft knisterte, als wäre sie elektrisch aufgeladen. Überall standen aufgeregte Teilnehmer, die ihre Wettkampfunterlagen studierten und die letzten Details mit ihren Trainern besprachen. Und auf den Rängen rund um den großen Reitplatz drängten sich die Besucher. Obwohl es heute nur um die Vorausscheidung ging, waren die Reihen dicht gefüllt. Die Leute lachten, redeten und tranken Kaffee und Limo. Wie auf einem Volksfest.

„Willst du noch was essen?“, fragte Hannes. „Ich kann dir ein Brötchen holen. Oder was Süßes? Das ist gut für die Nerven.“

„Nicht für meine.“ Hannah knetete nervös ihre Hände. Dann zog sie zum hundertsten Mal an diesem Morgen das Blatt mit dem Wettkampfpattern aus der Tasche. „Lope over poles, jog, 360°-turn … he, was machst du denn da?“, schrie sie empört, als Hannes ihr das Papier aus der Hand nahm.

„Keine Sorge“, sagte er. „Du kannst es längst auswendig. Wenn du dir das immer wieder anschaust, machst du dich nur verrückt.“

„Und wenn ich nun einen totalen Blackout habe und alles vergesse? So was kommt vor.“

„Dann atmest du ruhig durch und alles fällt dir wieder ein.“

Genau dasselbe hatte ihr gestern auch Uwe gesagt. Wo steckte er überhaupt?

Während Hannah mit ihren Eltern erst am frühen Morgen in Aachen angekommen war, war Uwe schon seit gestern hier. Er hatte Acapulco zum Turnierplatz gefahren und im Pferdestall neben der Halle untergebracht. Es war besser, wenn der Wallach genügend Zeit hatte, sich an die Umgebung zu gewöhnen.

Vielleicht suchte Uwe ja schon nach Hannah, um ihr letzte Instruktionen für das Vorreiten zu geben. Hannah begann wieder ihre Hände zu kneten.

„Komm“, sagte Hannes. „Wir hauen ab. Wir gehen nach hinten zu den Boxen. Pferde haben so was Beruhigendes. Das tut dir bestimmt gut.“

Er hatte Recht. Die vielen Pferde, die ihre großen Köpfe über die Abtrennung der Boxen streckten und an ihnen schnupperten, wirkten tatsächlich ungemein entspannend.

„Da hinten steht Acapulco“, sagte Hannah. Sie wühlte in ihren Taschen nach einem Stück Brot oder einer Möhre und fand nichts.

Hannes hatte ein Zuckerstück dabei.

„Zur Feier des Tages“, meinte er, während er dem Appaloosa über die schwarz gefleckte Nase streichelte. „Schau nur, wie gelassen er ist. Er macht sich überhaupt keine Sorgen. Warum auch?“

„Tja, warum auch?“, echote Hannah spöttisch. „Vielleicht fliege ich ja gleich raus. Aber was soll’s.“

„Eben. Was soll's?"

Hannah warf ihm einen empörten Blick zu. „Dann war alles umsonst!"

Hannes lachte leise. „Quatsch. Es gibt immer ein nächstes Mal." Er sah Hannah ernst an. „Und es gibt Wichtigeres als so ein blödes Turnier. Das darfst du nicht vergessen, Hannah."

„Das sagst du so leicht. Aber ich hab wochenlang trainiert. Uwe auch. Und Sue hat eine Menge Geld für mich bezahlt. Wenn ich versage, war das alles für die Katz."

Hannes zuckte mit den Schultern. „Sie werden es überleben." Dann grinste er. „Auf jeden Fall siehst du super aus."

„So ein Blödsinn", widersprach Hannah und wurde rot. *Super* war vollkommen übertrieben. Aber für Hannah-Verhältnisse sah sie tatsächlich gut aus, da hatte Hannes Recht.

Durch die vielen Reitstunden und den Trainingsstress der letzten Wochen hatte sie ein paar Kilo abgenommen, sodass ihr rundes Kindergesicht viel schmaler und erwachsener wirkte. Ihre Breeches hatte sie mit einem Gürtel zusammenziehen müssen, damit sie ihr nicht über die Hüften rutschten. Und das rote Westernhemd passte einfach hervorragend zu ihrem dunklen Pagenkopf.

Das Hemd hatte Uwe ihr gestern geschenkt. „Die

Wettkampfrichter sind auch nur Menschen", hatte er ihr erklärt. „Wenn du gut aussiehst, hast du automatisch ein paar Pluspunkte."

„Ich hoffe …", begann Hannes neben ihr, aber was er hoffte, bekam Hannah nicht mehr mit.

Weil sie plötzlich Myriam entdeckte.

Myriam stand am Ende der Stallgasse vor der Box eines großen Westernpferdes und unterhielt sich mit Heike Petersen.

„Was?", fragte Hannes, der ihrem Blick gefolgt war.

„Myriam", flüsterte Hannah. „Meine Güte, die wirkt ja total fertig."

Es war wirklich erschreckend. Auch Myriam hatte abgenommen, aber im Gegensatz zu Hannah sah sie dürr und abgespannt aus. Ihr Haar fiel zerzaust und speckig auf ihre Schultern. Ihre Breeches waren an den Knien ausgebeult, als hätte sie in ihnen geschlafen. Und das Hemd musste sie heute Morgen von ihrem Vater geborgt haben. Auf jeden Fall war es viel zu groß und schlackerte um ihren schmalen Oberkörper.

Hannes schüttelte betroffen den Kopf. „Da siehst du, wie einem dieser blödsinnige Westernbetrieb zusetzen kann", sagte er leise. „Die Kingsize-Leute machen Myriam ganz kaputt mit ihrem Psychokram und Leistungsdruck."

Bevor Hannah antworten konnte, hatte Heike sie bemerkt.

„Hey!“ Sie lachte und winkte zu ihnen herüber. „Sunshine ist also auch da! Trittst du beim Turnier an?“

Hannah nickte. „Ich will’s zumindest versuchen.“

Myriams Augen wurden groß vor Erstaunen. „Was? Du? Aber du hast doch überhaupt keine Turniererfahrung.“

„So viele Turniere bist du doch auch noch nicht geritten“, sagte Hannah. „Und probieren kann man es ja mal.“

„Ja klar“, sagte Myriam verächtlich. „Da steckt doch Sue dahinter. Sie ist sauer, dass ich zu Kingsize gewechselt bin und will mir jetzt beweisen, was ihr Tolles draufhabt.“ Sie lachte spöttisch. „Da hat sie sich ja die Richtige ausgesucht!“

Ihre abfälligen Worte trafen Hannah wie ein Schlag in den Bauch. Während sie noch nach einer passenden Erwiderung suchte, trat Hannes neben sie.

„Hat sie auch“, sagte er ruhig. „Hi, Myriam. Du startest also heute deine Weltkarriere?“

Myriam ignorierte ihn einfach. „Hat Sue dich trainiert?“, fragte sie Hannah.

„Nee. Wir haben jetzt einen neuen Reitlehrer.“

„Na, dann hat’s ja vielleicht was gebracht, dass ich abgehauen bin.“

„Du bist Hannes Müller, oder?“, wandte sich Heike nun an Hannes. „Reitest du auch mit?“

„Nee, ich fang bestimmt nicht wieder an."

„Und in welcher Disziplin startest du, Hannah?"

„Trail", erwiderte Hannah. „Myriam und ich treten also gar nicht direkt gegeneinander an. Du machst ja Reining, oder?"

„Quatsch. Ich reite auch Trail", gab Myriam unwirsch zurück.

Hannah unterdrückte ein Lächeln. Anscheinend hatten Myriams Leistungen beim Reining nicht gereicht, also hatte sie Petersen nur beim Trail angemeldet. Das konnte die ehrgeizige Myriam natürlich nicht ertragen. Wahrscheinlich sah sie deshalb so elend aus.

„Also dann ..." Heike streckte Hannah ihre Hand hin. „Hals- und Beinbruch. Und viel Glück."

„Das meinen Sie doch nicht im Ernst", meinte Hannah, während sie die Hand ergriff.

Heike lachte. „Möge die Bessere gewinnen. Und das meine ich ernst, glaub mir."

„Das ist ein Wort." Hannes schüttelte ebenfalls Heikes Hand.

Nach kurzem Zögern streckte Hannah auch Myriam die Hand hin. „Alles Gute, Myriam."

Myriam berührte ihre Finger nur ganz flüchtig, dann zog sie ihre Hand wieder zurück.

„Ja, ja. Danke", meinte sie geistesabwesend. „Dir auch, Hannah."

„Lass dich davon bloß nicht runterziehen", warnte Uwe Hannah, als sie ihm von dem Zusammentreffen mit Myriam berichtet hatte.

„Bestimmt nicht", meinte Hannah grimmig. „Diese blöde Kuh sollte sich besser warm anziehen. Die wird nämlich gleich erleben, was Sache ist."

„Ich wusste doch, dass mehr in dir steckt als nur das schüchterne, nette Mädchen", sagte Uwe anerkennend. „Endlich zeigst du, dass du auch richtig Biss hast. Myriam ist gut. Aber du bist besser. Das ist die Einstellung, die dich zum Sieg bringt."

Er lehnte an der Abtrennung der Box, während Hannah Acapulco sattelte.

„Sollen wir das Pattern noch mal durchgehen?", fragte Hannah, während sie den Sattelgurt festzog.

„Quatsch", wehrte Uwe ab. „Du kannst es im Schlaf, da bin ich mir ganz sicher. Iss noch eine Kleinigkeit, bevor du reitest. Du hast heute Morgen bestimmt nicht gefrühstückt."

Das stimmte. Vor lauter Lampenfieber hatte Hannah beim Frühstück keinen Bissen runtergebracht.

Uwe reichte ihr einen Schokoriegel. „Nicht sehr gesund, ich weiß. Aber dafür lecker. Welche Startnummer hast du überhaupt?"

„Einunddreißig", sagte Hannah. „Meine Glückszahl."

Hannah klopfte Acapulco ermutigend den Hals. „Wir schaffen das, alter Junge“, flüsterte sie.

Dann richtete sie sich auf und grüßte die drei Wettkampfrichter, die an der Stirnseite des Reitplatzes hinter einem Tisch saßen. Die beiden Männer starrten ausdruckslos zurück. Die Frau, die ihr vorhin auch ihre Unterlagen gegeben hatte, lächelte freundlich.

Noch ein schneller Blick ins Publikum. Irgendwo da oben saßen ihre Eltern, Hannes und der Rest. Uwe stand unten hinter der Absperrung und nickte ermutigend, als sich ihre Blicke begegneten.

Also dann. Los.

Hannah brachte Acapulco in einen leichten Galopp. In einem großen Z überquerte er das Stangenkreuz, dann ein Trab um den ganzen Platz, bis zu einem Quadrat aus Stangen, in dem er eine 360°-Drehung absolvieren sollte. Das Pattern war kurz, viel kürzer als die Übungsabfolge, die sie später beim Turnier würde reiten müssen. Aber zur Vorausscheidung traten ja auch über sechzig Kandidaten an, von denen mehr als zwei Drittel ausscheiden würden.

„Du schaffst es auf jeden Fall“, hatte Uwe Hannah vorhin noch versichert.

Natürlich schaffe ich es, dachte sie jetzt. Obwohl sie sich fest vorgenommen hatte, während des Vorreitens nicht ins Publikum zu schauen, glitt ihr Blick in die Ränge. Ob Myriam irgendwo dort oben saß und ihr zusah? Hannah selbst hatte sich die Auftritte der anderen Teilnehmer nicht angeschaut, weil sie wusste, dass sie das nur noch aufgeregter gemacht hätte. Sie hatte auch keine Ahnung, ob Myriam vor ihr geritten war oder erst nach ihr an der Reihe war.

Konzentration, ermahnte sich Hannah selbst, als Acapulco nun das Stangenquadrat betrat. Die 360°-Wendung war ihre Zitterübung. Die Drehung hatte Acapulco nämlich früher nur unter enormem Zügeleinsatz vollführt. Aber Uwe hatte Hannah erklärt, dass das Pferd allein auf ihren Schenkeldruck reagieren sollte. „Die Zügel werden nur als allerletztes Hilfsmittel eingesetzt."

Leider fand Acapulco es jedoch ganz und gar nicht nachvollziehbar, dass er sich einmal um seine eigene Achse drehen sollte, nur weil ihm Hannah ihre Schenkel in die Flanken presste.

Hannah schnalzte behutsam mit der Zunge. Eigentlich waren Lautsignale bei Wettkämpfen verboten, aber das Geräusch war so leise, dass die Preisrichter es unmöglich hören konnten. Acapulco dagegen vernahm es genau und setzte sich auch sofort in Bewegung. Allerdings wurde er nach einer halben Drehung gefährlich langsam, sodass sie noch leicht mit dem linken Zügel nachhelfen musste.

Das blieb der einzige Schönheitsfehler. Sowohl die Brücke als auch das Tor absolvierte der Wallach einwandfrei. Erleichtert klopfte Hannah seinen Hals und sprang aus dem Sattel.

Im Publikum wurde applaudiert, die Wettkampfrichterin lächelte noch wohlwollender als vorhin. Die beiden Männer nickten immerhin anerkennend, bevor sie sich über ihre Unterlagen beugten, um sich Notizen zu machen.

Auch Uwe klatschte begeistert, als Hannah mit Acapulco auf ihn zukam. „Herzlichen Glückwunsch, Hannah“, raunte er ihr zu.

Die Favoritin

„*Congratulations!*“ Sue umarmte Hannah nun schon zum vierten Mal innerhalb weniger Minuten. „*Well done!*“

„Ich wusste, dass du es schaffst!“, jubelte Tori. „Hurra!“

Sina klopfte Hannah anerkennend auf den Rücken, Hannes strahlte sie an und hinter ihnen drängten sich Hannahs Eltern, um ihr ebenfalls zu gratulieren.

„Jetzt macht doch nicht so einen Wirbel“, wehrte sie ab. „Das war nur die Vorausscheidung, nicht das Turnier.“

„Der erste Schritt auf dem Weg zum Sieg“, rief Sina. „Und was für ein Schritt!“

„Da kann sich Myriam eine Scheibe von abschneiden“, spottete Tori.

„Lieber nicht“, meinte Sina. „Sie soll genauso bleiben, wie sie heute war.“

Die anderen lachten.

Myriam war fast am Schluss gestartet, als fünfundfünfzigste Teilnehmerin. Ohne die Spur eines Lächelns hatte sie sich auf den Rücken ihres schwarzen Quarterhorsewallachs geschwungen.

„Das Tier ist viel zu groß für sie“, murmelte Uwe, der neben Hannah auf der Zuschauertribüne saß. „Haben die Kingsize-Leute denn keine Augen im Kopf?“

Ernst grüßte Myriam die Wettkampfrichter, dann galoppierte sie los. Stangenkreuz, Trab, Drehung, Brücke, Tor – jede der Übungen absolvierten Reiterin und Pferd perfekt. Natürlich war Myriam bestens vorbereitet, wahrscheinlich hatte sie in den letzten Wochen genau wie Hannah täglich trainiert. Aber im Gegensatz zu Hannah schien sie die Freude am Reiten vollkommen verloren zu haben. Steif und angespannt saß sie im Sattel, ihre Vorführung wirkte einfach lustlos.

„Sie hat überhaupt keinen Ausdruck“, murmelte Uwe fasziniert.

„Was haben diese Idioten bloß mit ihr gemacht?“, flüsterte Sue fassungslos. „Myriam war so eine starke Reiterin, leidenschaftlich und begeistert. Und jetzt reitet sie … *like a zombie*.“

Wie ein Zombie. Das stimmt, dachte Hannah. Nach diesem Auftritt wäre keiner der Zuschauer auf die Idee gekommen, dass Myriam Pferde liebte und mit Enthusiasmus ritt. Offensichtlich hatte sie das Pattern genauso einstudiert, wie man Matheformeln oder Französischvokabeln paukte. Und nun spulte sie das Gelernte freudlos herunter.

„Sie schafft die Auswahl, das ist keine Frage“, erklärte Uwe, nachdem Myriam den Platz wieder verlassen hatte, ohne auch nur ein einziges Mal zu lächeln. „Aber das Turnier gewinnt sie auf diese Weise bestimmt nicht.“

Eine knappe Stunde später gaben die Preisrichter das Ergebnis bekannt. Genau wie Uwe es vorausgesagt hatte, hatten sich sowohl Hannah als auch Myriam qualifiziert.

„Aber beim Wettkampf hat sie keine Chance gegen dich“, erklärte Tori.

Alle waren schadenfroh. Nur Hannah konnte sich nicht richtig über Myriams miesen Auftritt freuen. Wie schlecht Myriam ausgesehen hatte. Und dieser verkniffene Gesichtsausdruck! Nach ihrem Auftritt hatten Petersen und ihr Vater sie am Ausgang des Reitplatzes empfangen. Myriams Vater hatte den Arm um ihre Schultern gelegt. Immerhin hatte er seiner Tochter keine Vorwürfe gemacht. Vielleicht verstand er aber auch einfach zu wenig vom Reiten, um zu erkennen, was für eine mäßige Leistung sie erbracht hatte.

„Vielleicht sollten wir sie anrufen“, sagte Hannah jetzt laut.

„Wen?“, fragte Tori überrascht. „Myriam?“

„Wenn wir ihr anbieten, dass sie wieder zurückkommt …“

„*No way*“, sagte Sue sofort. „Wenn sie wieder auf

der Sunshine Ranch reiten will, freue ich mich. Aber ich werde ihr nicht hinterherrennen. Ich bin nicht nachtragend. Trotzdem habe ich auch meinen Stolz."

Hannah nickte geknickt. Vermutlich hatte es ohnehin keinen Sinn, mit Myriam zu reden. Selbst wenn sie inzwischen gemerkt hatte, dass sie einen Fehler gemacht hatte, würde sie ihn niemals eingestehen. Dazu war sie viel zu eigensinnig.

Und außerdem ... Die verächtlichen Worte ihrer Freundin hallten immer noch in ihren Ohren. *Da hat sie sich ja die Richtige ausgesucht.* Vielleicht musste Myriam wirklich erst mal von ihrem hohen Ross runterfallen, um zu merken, wie bescheuert sie sich benahm.

„Manchmal kommt mir das alles wie ein Traum vor", sagte Hannah. Gleich nach dem Mittagessen hatten sie und Hannes sich auf der Ranch getroffen. Sie hatten Acapulco und Camilla gesattelt und waren losgeritten. Über den Pfad durch die Wiesen und dann durch den Wald. Nach einem schnellen Galopp waren sie auf der kleinen Lichtung angekommen, die über und über von leuchtend gelben Löwenzahnblüten bedeckt war. Hier stiegen sie ab und ließen die Pferde grasen.

„Dass du die Vorausscheidung geschafft hast?", fragte Hannes.

„Alles. Dass ausgerechnet ich ausgewählt wurde. Und dann diese ganze Geschichte mit Myriam. Wenn mir das einer vor ein paar Wochen erzählt hätte, hätte ich ihn für vollkommen verrückt erklärt."

„Förster weiß schon, was er tut", meinte Hannes. „Er hat erkannt, welches Talent in dir steckt. Und er hat es verstanden, es aus dir rauszuholen."

„Er ist großartig."

Hannes zuckte mit den Schultern. „Ich hoffe nur, dass du dich nicht zu sehr veränderst."

„Inwiefern?"

„Na, dass du jetzt genauso verkrampft und verbissen wirst wie Myriam. Dann könnte ich nämlich nicht mehr mit dir befreundet sein."

„Das wäre aber furchtbar schade", meinte Hannah mit gespielter Bestürzung, aber dann wurde sie ernst. „Mach dir keine Sorgen, Hannes. Ich schwöre dir, dass ich mich nicht in ein ehrgeiziges Monster verwandeln werde." Sie runzelte die Stirn. „Myriam war ja nicht immer so. Jedenfalls war sie früher nicht so extrem. Ich frage mich wirklich, was in letzter Zeit in sie gefahren ist."

„Kingsize ist in sie gefahren", sagte Hannes. „Die sind total durchgedreht da. Petersen war schon immer absolut erfolgsbesessen. Seine Reiter waren entweder spitze oder sind an seinem Leistungsdruck zerbrochen, ein normales Mittelmaß gab's bei ihm nicht. Und bei deiner Freundin sieht es leider so aus, als würde sie daran kaputtgehen."

„Täusch dich mal bloß nicht. Myriam ist hart im Nehmen. So schnell zerbricht die nicht."

„Die Petersens haben schon ganz andere Kaliber geschafft."

„Das kann ich mir aber überhaupt nicht vorstellen", meinte Hannah. „Herrn Petersen hab ich ja nur kurz kennengelernt. Aber seine Frau wirkt total nett."

„Heike", sagte Hannes. „Ich kenn sie auch nicht näher. Aber man munkelt, dass sie die Schlimmere von den beiden ist. Außen weich, innen stahlhart."

„Ich weiß nicht. Vielleicht sind die Leute, die das behaupten, ja auch einfach neidisch auf ihren Erfolg", gab Hannah zu bedenken.

„Kann sein." Hannes zuckte mit den Schulten. Dann wies er mit dem Kopf zu den Pferden. „Ich glaube, wir sollten mal langsam weiter. Die beiden haben inzwischen so viel Löwenzahn intus, die verfärben sich gleich gelb."

Vor der Sunshine Ranch standen die Fischers, das Rentnerpaar von nebenan. Hannah seufzte. Die beiden waren eine echte Zumutung. Mit ihrer Pedanterie und Spießigkeit gingen sie Sue und den Pferdemädchen fürchterlich auf die Nerven.

„Sag Frau Mirador, dass wir uns das nicht gefallen lassen", keuchte Frau Fischer aufgeregt, als sie Hannah sah.

„Was ist denn los?“, fragte Hannah, während sie aus Acapulcos Sattel sprang.

Jetzt erst fiel ihr der große Transporter auf, der in der Einfahrt zur Ranch parkte. CENTER TV stand in Großbuchstaben auf der Heckklappe.

„Diese Reporter haben unsere Radieschen gefilmt“, erklärte Herr Fischer. „Und wir haben ein Recht zu erfahren, was mit den Aufnahmen passiert.“

„Man sieht bestimmt auch das Haus auf dem Film“, fügte seine Frau hinzu. „Und wenn das Ganze im Fernsehen kommt, zieht das Einbrecher und Ganoven an. Man kennt diese Geschichten ja.“

„Warum sagen Sie uns das?“, fragte Hannah. „Sprechen Sie doch selbst mit den Reportern.“

Herr Fischer warf sich in die Brust. „Das tun wir auch!“, verkündete er finster.

Mit energischen Schritten stampfte er an dem Wagen vorbei auf den Hof. Seine Frau plusterte sich ebenfalls auf und folgte ihm.

„Weißt du, was die Reporter hier wollen?“, fragte Hannes, als sie ihre Pferde an dem Fernsehwagen vorbeiführten.

„Vielleicht haben sie die Radieschen der Fischers mit Ufos verwechselt“, mutmaßte Hannah. „Oder Washington hat einen Schönheitswettbewerb für Schafe gewonnen.“

„Da seid ihr ja endlich“, rief Juliana und rannte über

den Hof auf sie zu. „Wir haben schon versucht, euch anzurufen, aber ihr geht ja nicht ans Handy."

„Was gibt's denn so Dringendes?", fragte Hannah.

„Die sind wegen dir hier", flüsterte Juliana mit einem aufgeregten Blick auf die beiden Männer, die gerade von den Fischers belagert wurden.

„Unsere Radieschen sind Privatsache", verkündete Frau Fischer soeben mit schriller Stimme.

„Die Radieschen lassen wir weg", versuchte einer der Reporter sie zu beschwichtigen. „Genau wie Ihr Haus. Machen Sie sich keine Sorgen. Das sind Nebensachen, die brauchen wir gar nicht."

„Na, hören Sie mal …" Es gefiel den Fischers auch wieder nicht, dass man ihr Haus als Nebensache bezeichnete. Und dass sie nun gar nicht ins Fernsehen kommen sollten. Aber inzwischen hatten die Kameraleute Hannah entdeckt und ließen das Rentnerpaar einfach stehen.

„Center TV", rief ein Reporter, wobei er über Washington stolperte, der wieder einmal wie aus dem Nichts aufgetaucht war. „Bist du bereit für ein kurzes Gespräch?", keuchte der Mann, nachdem er sich aufgerappelt hatte. „Wir bräuchten ein paar O-Töne für unsere News vom Sport."

Hannah blickte Hannes an. Er sah genauso ratlos aus, wie sie sich fühlte.

„Es hat sich ziemlich schnell rumgesprochen, wie gut

du gestern geritten bist“, bemerkte Sue, die inzwischen ebenfalls dazugekommen war. „Du giltst offenbar als der Newcomer des Jahres.“

„Was? Aber ich bin doch noch kein einziges Turnier geritten.“

„Die Juroren geben nach der Qualifikation immer eine Empfehlungsliste ab“, erklärte Sue. „Die Top Five der Vorausscheidung, sozusagen. Und in den letzten Jahren waren die Teilnehmer, die es auf diese Liste geschafft hatten, eben meistens auch die Gewinner des Turniers.“

„Und … ich bin auf dieser Liste?“, fragte Hannah.

Sue nickte strahlend. „Du bist nicht nur auf der Liste. Sondern auch noch auf Platz 1.“

Das Interview wurde fürchterlich. Hannah stammelte und stotterte und verhaspelte sich in einer Tour.

„Das macht überhaupt nichts“, sagte der Reporter, nachdem er seine Kamera wieder ausgeschaltet hatte. „Das schneiden wir zusammen, dann klingt es perfekt. Wir brauchen nur drei Minuten. Und nun noch ein paar Bilder von dir auf dem Pferd, wenn's geht.“

Hannah führte Acapulco zum Reitplatz, wo sie den beiden Journalisten einen Slalom um vier Hütchen vorführte. Erst vorwärts, dann rückwärts.

„Und jetzt noch einen Sprung über ein Hindernis?“, schlug der Mann mit der Kamera vor.

„Wir machen hier Westernreiten, da wird nicht gesprungen“, protestierte Sue empört.

„Nein?“ Die beiden Männer wechselten einen enttäuschten Blick. „Na, dann vielleicht … ein kleiner Galopp? Oder macht man das beim Westernreiten auch nicht?“

Also galoppierte Hannah um den Roundpen, bis der Kameramann die Hand hob. „Super, danke!“, rief er. „Ich denke, wir haben alles im Kasten.“

„Hast du die angerufen?“, fragte Hannah Sue, als die Reporter wieder abgefahren waren.

„Quatsch. Du weißt doch, dass ich es nicht so mit der Presse habe.“ Seit sie ihre Karriere als Filmschauspielerin aufgegeben hatte, mied Sue die Öffentlichkeit, so gut es ging. „Aber in diesem Fall bin ich natürlich sehr glücklich über die kostenlose Werbung. Ich hab nämlich schon zu viele Reiter an diese bescheuerte Kingsize Ranch verloren.“

„Hallo, neuer Star der Westernszene!“, rief Tori, die gerade Arm in Arm mit Jonas auf den Hof kam. „Hast du die Reporter gefragt, wann der Beitrag gesendet wird?“

„Ich glaube, heute Abend schon“, sagte Hannah. Du liebe Zeit, was würden ihre Eltern dazu sagen, wenn sie erfuhren, dass sie im Fernsehen war? „Ich geh besser mal nach Hause“, erklärte sie. „Ich hab noch keine

Hausaufgaben gemacht. Und wenn meine Schulnoten schlechter werden, ist es aus und vorbei mit der Reiterei, da ist mein Vater steinhart."

„Na, dann nichts wie weg!" Sue wedelte mit den Händen, als verscheuchte sie ein Huhn. „Wir brauchen dich nämlich noch, falls dir das entgangen sein sollte."

„Meine kleine, große Hannah", sagte ihre Mutter stolz, als Hannah von links nach rechts über den Bildschirm galoppierte. Aus dem Off hörte man gleichzeitig Hannahs aufgeregte Stimme.

„Ich trete für die Sunshine Ranch an und habe mir fest vorgenommen, mein Bestes zu geben."

Dann sprach der Kommentator. „Für einen absoluten Newcomer wie die dreizehnjährige Hannah Hoffmann ist das renommierte Aachener Westernturnier eine große Herausforderung. Das nötige Können hat die junge Reiterin ganz bestimmt, aber ob ihre Nerven stark genug sind? Wir drücken ihr auf jeden Fall alle verfügbaren Daumen."

„Wow", meinte Max spöttisch. „Der ist ja total verknallt in dich."

„Ich will auch Reiten lernen", rief Mara. „Mama, darf ich Reitstunden nehmen?"

„Das besprechen wir bestimmt nicht jetzt", meinte Frau Hoffmann. „Hannah, ich bin so stolz auf dich!"

Hannah kaute an ihrem Zeigefingernagel.

„Ach übrigens. Vorher hat hier so ein Zeitungsschnösel angerufen“, fiel Max ein. „Der will was über dich wissen oder so. Du sollst dich morgen nach der Schule bei denen melden.“

„Hast du die Nummer notiert?“, fragte Herr Hoffmann aufgeregt.

„Klar. Ich bin doch nicht blöd.“

Hannah nickte. Ihr Mund war auf einmal ganz trocken. Sie war nervös, noch viel nervöser als vor ihrem Auftritt bei der Vorausscheidung. Ob ihre Nerven stark genug waren, hatte der Reporter gerade gefragt. Hannah hatte plötzlich mächtige Zweifel daran.

„Was ist denn, wenn ich komplett versage?“, flüsterte sie. „Wenn ich bei dem Turnier auf einem der hinteren Plätze lande?“

Aber Max hatte inzwischen den Sender gewechselt. Ein wilder Schusswechsel peitschte durch das Wohnzimmer und zwischen den Schüssen jammerte Mara, dass sie gleich mit dem Reitunterricht beginnen wollte. Über dem ganzen Lärm hörte keiner Hannahs Frage.

Sie wiederholte sie auch nicht, als es endlich wieder leise wurde. Sie wusste ja ohnehin, was ihre Eltern ihr geantwortet hätten. *Und wenn du auch die Allerletzte wirst, dann lieben wir dich ganz genauso*. Sie freuten sich, wenn Hannah erfolgreich war. Aber im Grunde war ihnen der Ausgang des Turniers egal. Genau wie Hannes.

Aber Hannah war es nicht egal.

Wenn sie das Turnier nicht gewann, dann würde alles wieder so werden, wie es früher gewesen war. Dann wäre sie wieder die langweilige, pausbäckige, harmlose Hannah, die keiner ernst nahm. Kein Fernsehsender würde sie filmen wollen, kein Reporter würde sie anrufen. Keine ihrer Freundinnen würde sie bewundern, und auch Sue und Stefan wären nicht mehr stolz auf sie.

Ich muss das Turnier gewinnen, dachte Hannah. Unbedingt.

Hannah will's wissen

„Hast du Lust auf einen Ausritt, Hannah?“ Tori und Ayla führten ihre Pferde gerade zum Sattelplatz, als Hannah auf den Hof radelte. Sie warf einen Blick auf ihre Armbanduhr.

Fast drei. In einer halben Stunde hatte sie Reitunterricht, danach hatten sich zwei Reporter der Zeitschrift „Westernfriends“ angekündigt. Sie wollten Hannah interviewen und fotografieren. „Wir machen ein schönes Porträt über dich und dein Pferd“, hatte die Journalistin am Telefon versprochen.

„Nee, das wird heut leider nichts“, meinte Hannah.

„Der Ruhm hat seinen Preis“, kommentierte Tori spöttisch.

Hannah nahm die Bemerkung gar nicht richtig wahr.

Bis zum Turnier waren es nur noch drei Wochen. Drei lächerliche Wochen. Jede Sekunde musste sie nutzen, um zu trainieren, sich zu verbessern und ihre Nerven zu stärken.

„So ein Schnitzer wie bei der 360°-Wendung darf mir beim Turnier nicht passieren“, verkündete Hannah, als sie Uwe am Roundpen traf. „Ich muss die einzelnen Übungen einfach besser beherrschen."

Uwe nickte. „Seh ich genauso." Aber als Hannah das Tor zum Roundpen öffnen wollte, hielt er sie zurück. „Warte!"

„Worauf denn?"

„Auf mich und Harlekin", sagte Uwe. „Ich sattle ihn schnell und dann geht's los."

Hannah starrte ihm verwirrt nach, als er in Richtung Pferdekoppel verschwand, um Harlekin zu holen. Was hatte Uwe vor? Wollte er ihr die Übungen auf Harlekin vorführen? Aber warum nahm er zum Vorreiten nicht einfach Acapulco?

„Wir reiten aus", erklärte Uwe, als er wieder zurückkam. Dann schwang er sich auf Harlekins Rücken und ritt los, bevor Hannah nachfragen oder gar protestieren konnte.

Nebeneinander trabten sie durch den Wald bis zu der Löwenzahnwiese, auf der sie am Vortag noch mit Hannes gewesen war.

Hier ließ Uwe sie aus dem Gedächtnis das Pattern reiten, das er in der letzten Woche mit ihr geübt hatte. Es war total lächerlich. Acapulco trampelte durch kniehohes Gras über eine Wiese, auf der kein einziges Hindерniss stand. Hannah musste also die ganze Zeit so tun, als ob sie den Wallach über eine Holzbrücke oder durch eine Stangengasse lenkte.

„Das ist doch albern“, nörgelte sie nach dem ersten Durchgang. „Warum reiten wir nicht zurück und ich trainiere noch eine Weile richtig im Roundpen?“

„Das haben wir schon gemacht“, sagte Uwe. „Im Roundpen auf der Sunshine Ranch bist du perfekt. Und Acapulco auch. Aber in Aachen ward ihr nicht perfekt. Es reichte für die Vorausscheidung, aber um zu gewinnen, ist es nicht genug. Das ist dir bei der Drehung selbst aufgefallen, oder? Du musstest mit den Zügeln nachhelfen und du hast Acapulco ein Lautsignal gegeben. Das ist nicht erlaubt, wie du weißt.“

„Das hast du bemerkt?“, fragte sie betroffen. „Meinst du, die Wettkampfrichter haben es auch mitbekommen?“

„Natürlich. Die sind doch nicht blöd.“

„Aber ich verstehe trotzdem nicht, was es nun bringen soll, dass ich hier im Wald auf- und abtrabe. Das kommt mir alles so bescheuert vor.“

„Es ist aber nicht bescheuert. Acapulco muss lernen, dass die Umgebung völlig egal ist. Genauso wie das Hindernis, das er überwinden muss. Ob da ein Stangen-U liegt oder ein Quadrat, ob die Hütchen grün oder gelb sind oder meinetwegen auch in Flammen stehen … das ist alles überhaupt nicht von Interesse. Er muss genau das tun, was du von ihm willst. Ohne zusätzliche Anleitung, ohne Zwang. Verstehst du?“

Hannah nickte.

Sie ritt das gleiche Pattern noch einmal und diesmal sah sie die Hindernisse vor sich auf der Wiese liegen, als wären sie wirklich da. Konzentriert dirigierte sie Acapulco durch die ganze Übungsabfolge. Als er am unsichtbaren Stangen-U den Kopf senkte, um zu grasen, begann sie gleich noch mal von vorn.

„Das ist die richtige Einstellung", sagte Uwe zufrieden, als Pferd und Reiterin nach einer Dreiviertelstunde schweißgebadet innehielten. „Wir nähern uns unserem Ziel."

Hannah atmete auf. Wurde ja auch langsam Zeit.

Was die Reporter alles von ihr wissen wollten!

Welches ihr Lieblingsfach in der Schule war, wie sie in Mathe und Englisch stand, ob sie gerne las und wie sie sich mit ihrem Bruder verstand. Ob ihre Eltern ihre Reitkarriere förderten oder das Ganze eher kritisch sahen.

„Meine Reitkarriere", wiederholte Hannah irritiert. „Ich hab ja bisher noch gar keine Karriere gemacht. Ich trete nur bei dem Turnier in Aachen an, das ist alles."

„Na hör mal", rief die Journalistin, die zusammen mit einem Fotografen auf die Sunshine Ranch gekommen war. „Das Aachener Westernturnier ist der größte und wichtigste Westernwettbewerb in ganz Deutschland. Und du giltst als absolute Favoritin. Ist dir das eigentlich klar?"

Hannah spürte, wie ihr ein kalter Schauer über den Rücken lief. Dabei war es ein milder, sonniger Frühlingstag. Nein, so richtig klar war ihr das anscheinend noch nicht geworden. Aber langsam dämmerte es ihr.

Die beiden Reporter ließen sie auf Acapulco über die Pferdekoppel galoppieren, sie fotografierten sie im Roundpen, im Stall und am Sattelplatz. Sie knipsten sie zusammen mit Esel Fritz und dem Fohlen Frida, mit dem Reiterhelm auf dem Kopf und dem Sattel in den Armen. „Und jetzt noch ein Bild mit dem Hund", sagte der Fotograf und blickte sich suchend um. „Unsere Leser lieben Hunde."

„Wo ist das Tier denn jetzt?", fragte die Journalistin, die in der letzten halben Stunde bestimmt viermal über Washington gestolpert war.

„Wenn man ihn braucht, ist er nie da", erklärte Hannah.

„Na, egal." Die Frau klappte ihr Notizbüchlein zu und ließ es dann in ihrer Handtasche verschwinden. „Wir müssen jetzt los."

„Okay." Hannah atmete erleichtert auf. Sie schrieb am nächsten Tag einen Biologietest und musste dringend lernen.

„Wo wohnst du noch mal?", fragte der Fotograf.

„Lindenallee 5", erwiderte die Reporterin an Hannahs Stelle. „Deine Familie weiß hoffentlich, dass wir kommen?"

„Also, irgendwie geht mir das Ganze langsam zu weit", sagte Frau Hoffmann, nachdem sie abends um sieben endlich die Tür hinter den beiden Reportern geschlossen hatte. „Gestern der Fernsehbericht war ja ganz okay. Und gegen ein Interview hab ich auch nichts einzuwenden. Aber dass die uns nun fast eine Stunde lang auf die Nerven gehen mussten und das halbe Haus abfotografiert haben ..."

„Hmmmh." Hannah konnte nicht antworten, weil sie sich gerade ein halbes belegtes Brot in den Mund gestopft hatte. Ihr fehlte die Zeit zum Essen. Sie hatte schließlich noch keine Hausaufgaben gemacht und auf den Biotest musste sie sich auch noch vorbereiten.

„Ich will in Zukunft keinen Reporter mehr hier sehen", erklärte ihr Vater, der vor einer halben Stunde von der Arbeit nach Hause gekommen war und den Journalisten direkt in die Arme gelaufen war. „Ich komm mir ja schon vor wie bei *Deutschland sucht den Superstar*."

„Also, ich fand die ganz cool", sagte Max feixend. „Bin gespannt auf den Artikel. Vielleicht hauen die Hannah ja total in die Pfanne."

„Oder dich!", giftete Hannah zurück, während sie aufstand.

„Für mich interessieren die sich doch gar nicht", meinte Max. „Du bist hier der Star. Jedenfalls so lange, bis sie dich wieder vom Podest holen."

Hannah schüttelte wütend den Kopf. Sie konnte sich jetzt nicht streiten, sie musste noch so viel erledigen.

Als sie aus dem Zimmer eilte, spürte sie die besorgten Blicke ihrer Eltern in ihrem Rücken. Aber auch darum konnte sie sich nicht kümmern.

Die Reportage in „Westernfriends“ ging über zwei Doppelseiten. Fünf große Bilder zeigten Hannah auf der Sunshine Ranch, mit ihren Freundinnen, auf Acapulco und zu Hause mit ihrer Familie. In dem abgedruckten Interview erkannte sich Hannah fast nicht wieder. Die Sätze klangen so viel stolzer und selbstbewusster als das, was sie vor ein paar Tagen auf der Sunshine Ranch von sich gegeben hatte.

„Hannah will's wissen“, lautete die Überschrift.

Neben „Westernfriends“ berichteten noch zwei weitere Reiterzeitschriften über Hannah, ein Internetportal brachte einen Artikel über sie und der lokale Radiosender sendete ebenfalls ein kurzes Interview.

„Das ist der absolute Hammer“, sagte Tori, die es geschafft hatte, sich bei fast allen Aufnahmen, die auf der Ranch gemacht worden waren, mit ins Bild zu drängen. Im Gegensatz zu Hannah liebte sie es, fotografiert zu werden.

„Also, ich find das komisch“, sagte Hannes. Er hatte vor der Schule auf Hannah gewartet, um gemeinsam mit ihr nach Hause zu fahren.

„Was findest du daran komisch?“, fragte Hannah leicht gekränkt.

„Na, wie kommen alle diese Reporter auf dich?“

„Hä? Das ist doch ganz einfach. Irgendeiner macht den Anfang und die anderen hängen sich dran. So funktioniert das mit allen Themen.“

„So einfach ist das nicht“, widersprach Hannes. „Ich hab mit Jonas’ Vater gesprochen. Der ist beim Rundfunk.“

„Ich weiß“, meinte Hannah. „Und was sagt Jonas’ Vater?“

„Dass irgendeiner dahinterstecken muss. Jemand, der die Redaktionen informiert hat und dem die Reporter vertrauen. Sonst hätte nämlich keiner auch nur eine Zeile über dich geschrieben.“

„Was willst du denn damit sagen?“, fragte Hannah verständnislos. „Wahrscheinlich haben die Preisrichter, die die Top Five der Vorausscheidung zusammenstellen, die Presse informiert.“

„Das reicht nicht“, widersprach Hannes. „Jedenfalls nicht für einen solchen Rummel. Hast du Förster gefragt, ob er vielleicht was damit zu tun hat?“

„Nee“, meinte Hannah.

„Sprich ihn mal darauf an.“

„Ist doch egal, wer dahintersteckt.“

Hannes zuckte mit den Schultern und schwieg.

„Oder?“, fragte Hannah angriffslustig.

„Vermutlich hast du Recht. Aber irgendwie gefällt mir dieser Wirbel nicht."

Vielleicht bist du ja eifersüchtig, dachte Hannah. Vielleicht tut es dir leid, dass du deine Reitkarriere damals so schnell an den Nagel gehängt hast. Und gönnst mir meinen Erfolg nicht.

Aber diese Gedanken sprach sie nicht aus. Stattdessen sagte sie: „Ich frag Uwe nachher."

„Okay." Hannes nickte zufrieden. „Sollen wir heute Nachmittag zusammen ausreiten?", erkundigte er sich dann.

„Keine Zeit." Hannah schüttelte bedauernd den Kopf. „Ich wollte mit Acapulco noch ein paar Patterns durchgehen. Und dann hab ich Reitunterricht."

„Schade."

„Nach dem Turnier hab ich wieder mehr Zeit", tröstete ihn Hannah. „Es sind ja nur noch zwei Wochen."

Nur noch zwei Wochen, du meine Güte, dachte Hannah erschrocken. Sie trat unwillkürlich schneller in die Pedale. Die Zeit drängte, sie musste sie nutzen.

„Also, wenn du Lust hast ..." Hannes keuchte. Er kam kaum noch nach, so schnell fuhr sie jetzt.

„Ich bin heut Abend um halb sieben bei Alberto. Wenn du willst, lad ich dich zum Eis ein. Kannst es dir ja überlegen."

Nein danke, wollte Hannah eigentlich sagen. Aber dann warf sie einen Blick über die Schulter und sah

Hannes' Gesicht, das jetzt schon enttäuscht aussah. Obwohl sie noch gar nicht abgelehnt hatte.

„Gerne", sagte sie. „Ich versuch, pünktlich zu sein, okay?"

Hausverbot

Hannahs Kopf dröhnte. Ihre Schenkel waren wundgescheuert. Ihre Beine brannten und ihr Po tat weh. Sie hatte fast drei Stunden trainiert, zuerst allein und dann mit Uwe.

„Dich sieht man ja nur noch hier", sagte Sue, als Hannah Acapulco zurück in den Stall führte. „Ich hoffe, Uwe setzt dich nicht zu sehr unter Druck ..."

„Dazu braucht Hannah mich gar nicht." Uwe Förster trat zu ihnen. „Das macht sie schon allein."

„*O dear*. Vielleicht war das mit dem Turnier doch keine so gute Idee", meinte Sue betroffen. „Du gefällst mir gar nicht, Hannah."

„Ich bin ein bisschen müde, sonst ist alles in Ordnung", wehrte Hannah ab. „Ehrlich, mir geht's prima."

„Morgen machst du mal Pause", entschied Uwe. „Ein Tag ohne Sunshine Ranch. Geh ins Kino oder Eis essen ..."

Eis! „Mensch, ich hab noch eine Verabredung bei Alberto", erinnerte sich Hannah plötzlich. „Hannes erwartet mich da um halb sieben." Ein schneller Blick auf die Armbanduhr ließ sie aufstöhnen. Es war bereits kurz vor sechs. „O je. Das schaff ich wohl nicht mehr."

„Natürlich schaffst du das." Sue griff nach Acapulcos Halfter. „Ich mach Acapulco für dich fertig."

„Aber so kann ich unmöglich in die Eisdiele." Hannahs T-Shirt war total verschwitzt und ihre Reithose starrte vor Dreck.

Sue überlegte einen Moment lang. „Komm", meinte sie dann. Sie schlang Acapulcos Halfter um den Pfosten am Sattelplatz und zog Hannah hinter sich her zum Haus.

„Du gehst dich schnell duschen", bestimmte sie. „Handtuch und Duschgel findest du im Bad. Und ich leg dir ein paar saubere Klamotten raus, die dir passen müssten."

„Aber ..."

„Keine Widerrede! Beeil dich."

Die Kleidungsstücke waren nagelneu. Eine Röhrenjeans und ein T-Shirt, die Sue für ihre Nichte in den USA gekauft hatte. Sie war jedoch bisher noch nicht dazu gekommen, die Sachen zu verschicken.

„*You look great*", sagte Sue, als Hannah kurz danach wieder aus ihrem Schlafzimmer kam. „Das sieht wirklich super aus."

Hannah fühlte sich auch super. Die Kleider passten ihr wie angegossen.

„Hoffentlich hat deine Nichte kein Problem damit, dass ich ihre Sachen trage“, meinte sie zweifelnd.

„Quatsch! April doch nicht! *Go on, hurry*! Einen Freund lässt man nicht warten. Und die Liebe ist wichtiger als jedes dusselige Turnier.“

Eine steile Falte bildete sich zwischen Sues Augenbrauen, als sie das sagte. Vielleicht dachte sie an Robert. Inzwischen war es fast zwei Monate her, dass sie sich von ihm getrennt hatte. Ob sie es bereute, dass sie ihn rausgeworfen hatte? Ich krieg überhaupt nichts mehr mit, weil ich die ganze Zeit nur an diesen Wettbewerb denke, dachte Hannah.

„Die Liebe? Welche Liebe?“, fragte sie laut.

„Ach, komm. Hannes steht auf dich, das sieht doch jeder. Und du findest ihn auch gut. Und jetzt los mit dir!“, fuhr Sue fort, als Hannah den Mund öffnete, um zu widersprechen.

Das Glück war ganz auf Hannahs Seite. Alle drei Ampeln auf dem Weg zur Eisdiele standen auf grün und die Bahnschranke war auch geöffnet. Fünf Minuten nach halb sieben traf Hannah auf dem Marktplatz ein, schob ihr Fahrrad in den Ständer vor dem Rathaus, schloss es ab, rannte die letzten Meter zur Eisdiele … und blieb abrupt stehen.

Hannes war schon da. Er hatte aber nicht auf Hannah gewartet, sondern bereits bestellt. Eine große Portion Schokoladeneis mit Sahne. Jetzt nahm er einen großen Löffel und führte ihn … nein, nicht zu seinem eigenen Mund, sondern zu … Myriams.

„Mmmmh“, machte Myriam genießerisch.

Das konnte Hannah nicht hören, weil sie zu weit von ihr entfernt war. Aber man sah es Myriam förmlich an.

Was machte sie dort an Hannes' Tisch?

Hatte Hannes sie eingeladen, weil er bereits geahnt hatte, dass Hannah ihn über ihrem Training vergessen würde?

„Ich habe dich nicht vergessen“, murmelte Hannah erbost. „Ich hab mich wie eine Verrückte beeilt, um es noch rechtzeitig zu schaffen.“

Du hättest ihn aber vergessen, flüsterte eine leise, gehässige Stimme in ihrem Ohr. Wenn Sue nicht gewesen wäre und dir geholfen hätte, wärst du jetzt nie und nimmer hier.

Gerade tauchte Myriam ihren Löffel in den Eisbecher, der vor ihr stand. Cup Apollo mit frischen Heidelbeeren, Sahne und Krokant, das war ihr Lieblingsbecher, den wählte sie immer. Einen Moment lang schwebte der Löffel verführerisch in der Luft. Dann wanderte er … natürlich … zu Hannes' Lippen, die sich begierig öffneten. Hmmmh. Auch Hannes' glückliches Seufzen konnte sich Hannah nur zu deutlich vorstellen.

Myriam lächelte Hannes an.

Hannes lächelte Myriam an.

Du Schuft, du gemeiner Kerl, du Aas, du Verräter!, wollte Hannah schreien. Aber genau wie die Mmmhs und Hmmhs von Myriam und Hannes blieben ihre Schreie unhörbar. Sie tobten in ihrem Inneren, während sie stumm dabei zusah, wie Hannes und Myriam miteinander flirteten und scherzten.

Myriam sah kein bisschen fertig aus, fiel es Hannah plötzlich auf. Ihre Haare waren frisch gewaschen und glänzten verführerisch im Licht der Abendsonne. Ihr Gesicht wirkte nicht mehr verhärmt und mager wie neulich bei der Vorausscheidung. Im Gegenteil: Sie war braungebrannt, rotwangig und ihre dunklen Augen leuchteten vor Lebensfreude.

Alles Mitleid, das Hannah nach Myriams verpatztem Ritt mit ihrer früheren Freundin empfunden hatte, war plötzlich wie weggeblasen. Sie hatte keine Ahnung, wie Myriam es geschafft hatte, sich an Hannes heranzumachen und sich an seinen Tisch zu drängen. Sie wusste nur eines: Sie hasste Myriam.

Und Hannes hasste sie auch. Wie konnte er es wagen, ausgerechnet mit Myriam Eis zu essen? Mit Hannahs Rivalin, ihrer schlimmsten Feindin?

„Warum tust du mir das an?“, murmelte Hannah. Hannes gab keine Antwort. Er hatte ja auch nicht bemerkt, dass Hannah ein paar Meter von ihm entfernt stand und ihn beobachtete. Oder hatte er sie doch längst gesehen und tat nur so, als hätte er keine Ahnung?

Es war egal, vollkommen egal, beschloss Hannah. Sie drehte sich auf dem Absatz herum und hastete zurück zu ihrem Fahrrad. Weg, nur weg von hier.

Sie war gerade zu Hause angekommen, als ihr Handy klingelte. Hannes.

Sie zögerte einen Moment lang, bevor sie das Gespräch annahm.

„Ich wollt nur sagen, dass ich jetzt hier abhaue", erklärte er. „Du hast es ja offensichtlich nicht mehr geschafft, bei Alberto vorbeizukommen."

„Nein", erwiderte sie einsilbig.

„Myriam war hier", fuhr Hannes fort. „Ich hab sie zum Eis eingeladen."

Warum erzählte er ihr das auch noch?

„Ach. Und? War's nett?"

„Sie wirkt ganz locker und entspannt." *Im Gegensatz zu dir.* Das sagte Hannes zwar nicht, aber Hannah konnte es trotzdem hören.

„Schön für sie."

„Und? Wie war dein Training?"

„Gut."

„Hast du Uwe auf die Pressesache angesprochen?"

Ach nee. Das hatte sie vollkommen vergessen. Aber das brauchte sie Hannes ja nicht auf die Nase zu binden. „Er kann sich das Ganze auch nicht erklären", log Hannah.

„Na dann." Hannes machte eine Pause. „Schönen Abend noch."

„Gleichfalls."

Du mich auch, dachte Hannah, als sie auflegte.

Das Turnier rückte immer näher. Die Spannung wuchs. Und Hannahs Notendurchschnitt sank.

„Eine Vier in Englisch, eine Fünf in Französisch, Fünf minus im Biotest", konstatierte ihre Mutter. „Wo soll das alles enden, kannst du mir das bitte mal erklären? Wenn du so weitermachst, kannst du das Schuljahr wiederholen. Und alles nur wegen dieses bescheuerten Turniers."

„Ich schaff das schon noch." Hannah kaute lustlos an einem Apfel. Sie hatte einfach keinen Appetit mehr. Inzwischen zählte sie die Stunden bis zum Wettkampf. Wenn es nur bald vorbei wäre!

Uwe war in letzter Zeit oft unzufrieden mit ihr gewesen. „Du konzentrierst dich nicht richtig", sagte er. „Du bist viel zu angespannt." Er sprach auch nicht mehr davon, dass sie weniger trainieren sollte, sondern übte jeden Tag mit ihr im Roundpen.

Mit Hannes hatte sie nicht mehr geredet, seit sie ihn mit Myriam in der Eisdiele gesehen hatte. Vielleicht tat sie ihm Unrecht, vielleicht hatte er Myriam wirklich nur durch Zufall getroffen und ein Eis mit ihr gegessen. Aber wenn Hannah daran dachte, wie die beiden zusammen gescherzt und gelacht hatten, zog sich etwas in ihrer Brust zusammen, bis es wehtat.

Dabei hätte sie ihn so gerne gefragt, ob es ihm früher vor seinen Turnieren genauso gegangen war wie ihr. Ob er auch am liebsten alles hingeschmissen hätte, weil er überzeugt gewesen war, dass er ohnehin keine Chance hatte.

Hannah kam jetzt immer direkt nach der Schule zur Sunshine Ranch und trainierte eine Stunde, bevor sie zum Mittagessen nach Hause ging. Manchmal vergaß sie das Mittagessen auch und blieb so lang im Roundpen, bis es Zeit für den Reitunterricht war. Warum sollte sie auch nach Hause gehen? Sie hatte ohnehin keinen Hunger.

„Du spinnst total", sagte Sue schließlich zu ihr. „Wenn du schon auf dich selbst keine Rücksicht nimmst, dann denk wenigstens an Acapulco. Du machst ihn kaputt."

„Das stimmt nicht", widersprach Hannah.

„Doch", meinte Sue bestimmt. „Du machst mir Angst. Morgen bleibt Acapulco auf der Weide und wird nicht geritten. *A day of rest*. Ein Ruhetag."

„Das geht auf keinen Fall", rief Hannah aufgeregt. „Morgen bekommt Uwe das Pattern für das Turnier. Ab dann wird es wirklich ernst."

„Acapulco bleibt auf der Weide."

„Bitte, Sue! Bis zum Turnier sind es nur noch ein paar Tage …“

Sue zögerte. Einen winzigen Moment lang, aber das genügte Hannah.

„Bitte, Sue“, flehte sie noch einmal. „Du bist doch früher ebenfalls Turniere geritten. Du weißt, wie ich mich fühle.“

„*One hour*“, entschied Sue. „*That's it.*“

Eine Stunde, das war lächerlich, das war nichts. Aber Sues Gesicht machte es deutlich. Jede weitere Diskussion war sinnlos. Sie drehte sich um in Richtung Wohnhaus, als ein schwarzer BMW auf den Hof fuhr.

„Frau Mirador?“, fragte der Herr im Anzug, der aus dem Wagen stieg.

„*That's me.*“

„Außerdem suche ich …“, der Mann warf einen Blick auf einen Umschlag, den er aus seiner Aktentasche zog, „Frau Hannah Hoffmann. Und Herrn Uwe Förster.“

„Ich bin Hannah Hoffmann“, sagte Hannah.

„*What's the matter?*“ Sue kam misstrauisch näher.

„Kein Grund zur Aufregung … äh … *don't worry. My name is* Dr. Menzel-Riechle. *From* Düsseldorf. Ich bin Anwalt.“

Als Sue nichts entgegnete, blickte sich der Herr suchend um. Vielleicht hoffte er darauf, dass plötzlich irgendwo ein Simultandolmetscher auftauchte und ihm zu Hilfe kam. „*I'm the* … Anwalt *of the Kingsize Westernranch. And I must give you … a … äh … I must tell you* …. dass …. *that* …"

„Schon gut!", unterbrach Sue das Gestammel. „Ich spreche auch Deutsch."

„Sagen Sie das doch gleich." Der Mann zog ein Taschentuch aus der Anzugjacke und wischte sich damit über die Stirn. Dann reichte er Sue und Hannah jeweils einen Umschlag.

„Hier, bitteschön. Sie müssten mir den Empfang dann bitte quittieren."

„*What's that?* Was ist das?"

„Ein Hausverbot. Für die Kingsize Westernranch. Sie dürfen das Gelände der Pferderanch künftig nicht mehr betreten."

„*What?*", fragte Sue.

„Was?", echote Hannah.

„*Are you mad?*", ergänzte Sue. Sie starrte den Mann wütend an. „Von wem kommt dieses bescheuerte Verbot? Warum erteilen die mir ein Hausverbot? *I can't believe it!*"

„Ihnen beiden", korrigierte sie Herr Menzel-Riechle. „Und Herrn Uwe Förster. Ist er hier?"

„Nein", sagte Sue. „Er ist zu Hause."

„Aha." Der Anwalt warf einen Blick auf seine Unterlagen. „Na, die Adresse habe ich ja. Dann suche ich ihn gleich persönlich auf."

„Können Sie mal erklären, was der ganze Blödsinn soll?“, erkundigte sich Sue gereizt.

„Sie sind ab sofort nicht mehr befugt, das Gelände der Kingsize Westernranch zu betreten. Sollten Sie das Grundstück dennoch widerrechtlich aufsuchen, werden Sie mit einem Ordnungsgeld von … Verdammt!“ Während er geredet hatte, war Herr Menzel-Riechle einen Schritt zurückgetreten und dabei gegen Washington geprallt, der unmittelbar hinter ihm gestanden hatte. Washington bellte begeistert. Sein zweiter Vorname, da war er wieder!

„Warum?“, fragte Sue, ohne den Hund zu beachten. „Wie kommen die auf einen solchen Schwachsinn?“

„Steht alles in den Unterlagen.“ Der Anwalt warf Washington einen misstrauischen Blick zu und bewegte sich dann vorsichtig rückwärts von ihm weg auf sein Auto zu. „Die junge Dame ist dabei beobachtet worden, wie sie auf der Kingsize Westernranch … nennen wir es einmal … spioniert hat.“

„Spioniert?“, wiederholte Hannah empört. „Das stimmt nicht! Ich war seit Wochen nicht mehr auf Kingsize. Ich verstehe überhaupt nicht, was das soll!“

„*These people must be mad*“, erklärte Sue.

„Wie dem auch sei.“ Herr Menzel-Riechle hatte seinen Wagen inzwischen fast erreicht. „Wenn Sie die Kingsize Westernranch nicht aufsuchen, dann gibt es ja auch kein Problem. Ich für meinen Teil empfehle mich nun. Wenn Sie noch Fragen haben, wenden Sie sich an meine Kanzlei, die Nummer finden Sie in den Unterlagen. Guten Tag."

Ein schneller Griff zur Wagentür. Dann brauste der BMW vom Hof.

Washington bellte. Er fand es sehr bedauerlich, dass er den Mann nicht doch noch zu Fall gebracht hatte. Na ja, vielleicht beim nächsten Mal.

Sue und Hannah sahen sich ratlos an.

Slalom

„Angeblich hab ich mich auf die Kingsize Ranch geschlichen und versucht, Myriam beim Training zu beobachten“, erklärte Hannah den anderen Pferdemädchen am nächsten Vormittag in der großen Pause. „So steht es jedenfalls in dem Schriftstück, das mir dieser Anwalt gegeben hat.“

„Und?“, fragte Tori. „Warst du dort?“

„Quatsch. Was soll ich denn da? Ich hab überhaupt keine Zeit, mich da rumzutreiben.“

„Warum erteilen sie dir dann ein Hausverbot?“, fragte Sina. „Und Sue und Förster haben auch eines bekommen, sagst du?“

Hannah nickte.

„Ihr drei dürft nicht nach Kingsize“, überlegte Tori. „Aber den Rest von uns betrifft das Verbot nicht. Vielleicht sollten wir ja mal nachsehen …“

„Nein“, unterbrach Hannah sie. „Sue hat gleich gesagt, dass sie das nicht will. Sie hat keine Lust mehr auf den Kleinkrieg.“

„Kleinkrieg?“, wiederholte Ayla. „Das ist kein Kleinkrieg mehr, das ist reines Mobbing. Das kann man sich doch nicht gefallen lassen!“

„Aber Uwe meint auch, dass wir sie einfach ignorieren sollen“, erklärte Hannah. „Er sagt, dass die Turnierveranstalter die Sunshine Ranch vom Wettbewerb ausschließen können, wenn es nach dem Hausverbot neue Beschwerden gibt. Das betrifft seiner Meinung nach nicht nur uns drei, sondern uns alle. Wenn die Turnierleitung den Eindruck gewinnt, dass es auf Sunshine nicht ganz sauber zugeht, sind wir aus dem Rennen, noch bevor wir angetreten sind.“

„Ignorieren“, sagte Tori seufzend. „Das ist leichter gesagt als getan.“

„Also, ich find’s gut“, sagte Juliana. „Ich kann den Namen Kingsize nicht mehr hören. Seit Wochen reden wir über nichts anderes mehr.“

„Vielleicht gibt es ja auch bald nichts anderes mehr“, sagte Tori düster.

„Wie bitte?“, fragte Juliana.

„Ich hab vor Kurzem gehört, wie Sue zu Stefan gesagt hat, dass mehr als die Hälfte der Reitschüler ihre Verträge gekündigt hat, weil sie zu Kingsize wechseln wollen. Kannst dir ja vorstellen, was los ist, wenn die auch noch das Turnier gewinnen. Dann ist Kingsize endgültig obenauf.“

„Na und?“, gab Juliana zurück. „Sue hat einen langen Atem. So schnell gibt sie nicht auf.“

„Wenn du dich da nur mal nicht vertust“, unkte Tori. „Die Wirtschaftskrise hat ihre Ersparnisse nämlich ordentlich zum Schrumpfen gebracht. Also, ohne die Reitschüler kann Sunshine nicht lange überstehen.“

„Du musst dieses verdammte Turnier gewinnen, Hannah“, murmelte Sina.

Je größer der Druck wurde, desto schlechter ritt sie.

„Was machst du denn, Hannah?!“, rief Uwe irritiert, als er sah, wie sie am Zaumzeug zog, um Acapulco nach rechts zu den Hütchen zu dirigieren. „Du reitest ja wie ein Anfänger. Die Zügel sind tabu, das weißt du doch!“

Er fuhr entnervt mit der Hand durch die langen dunklen Haare.

„Was ist denn jetzt los?“, fragte er, als Hannah aus dem Sattel sprang.

„Ich schaff es nicht“, erklärte sie den Tränen nahe. „Das ist los.“

„Unsinn.“ Er schüttelte den Kopf. „Natürlich schaffst du das. Du hast einen schlechten Tag, mehr nicht. Steig wieder auf. Wir gehen das Pattern noch einmal durch.“

Missmutig kletterte Hannah wieder auf Acapulcos Rücken. Aber auch ein erneuter Durchgang brachte keine Verbesserung.

Das Wettkampfpattern war einfach viel zu schwer. Obwohl sie die Einzelübungen alle kannte, war die Abfolge der Aufgaben grausam: Unmittelbar an den Trot over, bei dem Acapulco ein Stangen-V überschreiten musste, schloss sich ein Galopp über vier Stangen-Ws an. Danach der Slalom, das war das Schlimmste. Der Abstand zwischen den einzelnen Hütchen betrug nämlich nur vierzig Zentimeter und das war für ein großes und recht breites Pferd wie Acapulco fast nicht zu bewältigen.

„Alles nur eine Frage der Technik“, hatte Uwe gesagt, als er ihr das Pattern gestern präsentiert hatte. „Das schaffst du mit links.“

Aber nun schien er sich da ganz und gar nicht mehr sicher zu sein. Den Übergang der einzelnen Übungen beherrschte der Wallach inzwischen zwar einigermaßen. Doch beim Rückwärtsrichten durch die engen Pylone versagte er jedes Mal.

„Vielleicht bin ich einfach zu schlecht“, jammerte Hannah.

Uwe schüttelte den Kopf, aber er war offensichtlich unzufrieden.

„Wir machen Schluss für heute“, meinte er. „Ich hab Sue versprochen, dass du nicht länger als eine Stunde im Sattel sitzt. Wenn ich das nicht einhalte, reißt sie mir den Kopf ab. Also: Entspann dich. Morgen sehen wir uns wieder. Das kriegen wir schon noch hin.“

Hannah fand keinen Schlaf. Sie wälzte sich von der linken Seite auf den Rücken, dann auf die rechte Seite und von dort auf den Bauch und schließlich wieder zurück in die Ausgangsposition. Dieser verdammte rückwärtsgerichtete Slalom! Den ganzen Abend hatte sie damit zugebracht, im Internet in den unterschiedlichen Reiterforen nach Tipps zu suchen, wie sie Acapulco am besten durch die engen Hütchen lotsen konnte. Ein Forumsmitglied aus Süddeutschland hatte ihr im Chat ein paar wirklich gute Tipps gegeben. Oder zumindest hatten sich seine Ratschläge gut angehört. Ob sie sich dann auf dem Reitplatz auch in die Praxis umsetzen ließen, blieb erst mal dahingestellt.

Hannah drehte sich auf den Bauch. Am liebsten wäre sie aufgestanden und zur Ranch gefahren, um die neue Strategie direkt auszuprobieren. Schlafen konnte sie ja ohnehin nicht. Aber das war natürlich undenkbar. Wenn sie mitten in der Nacht aufkreuzte, erteilte Sue ihr vermutlich auch für die Sunshine Ranch ein Hausverbot.

Wie viel Uhr es wohl sein mochte? Hannah wollte gerade nach ihrem Handy greifen, das auf dem Nachttisch lag, als es plötzlich dreimal laut und durchdringend piepste. Ihre Hand zuckte erschrocken zurück. Was war das denn?

„Eine neue Textnachricht", verkündete das Display.

Wer schrieb ihr denn mitten in der Nacht noch eine SMS?

Hannes. Die Nachricht kam von Hannes.

Hannah zögerte einen Moment lang, bevor sie die SMS öffnete. Wollte sie überhaupt wissen, was er ihr schrieb? Schaudernd dachte sie wieder daran, wie hingebungsvoll Hannes Myriam bei Alberto mit Eis gefüttert hatte. *Mmmmh.*

Aber dann siegte ihre Neugier.

Er hatte nur ein einziges Wort geschrieben. Eigentlich waren es nur zwei Buchstaben.

„Hi", las Hannah.

Sie überlegte, wie sie reagieren sollte. Die SMS löschen und so tun, als ob sie sie nie bekommen hätte? Oder antworten? Einfach ignorieren war bestimmt das Beste.

Aber andererseits. Sie fühlte sich so einsam. Und sie konnte nicht einschlafen. Und Hannes hatte so viel Erfahrung mit Westernturnieren. Vielleicht konnte er ihr sogar einen guten Rat geben.

Hannah tastete wieder nach ihrem Telefon.

„Hi", schrieb sie zurück.

Es dauerte keine Minute, bis ihr Handy von Neuem piepste. Hektisch stellte sie den Empfang auf stumm. Fehlte ja gerade noch, dass ihre Mutter auf sie aufmerksam wurde.

„Wie geht's?", fragte Hannes.

„Danke", schrieb Hannah. „Schlecht. Und selbst?"

„Gleichfalls", lautete die Antwort. Meine Güte, war der Typ einsilbig.

„Na, dann gute Nacht“, simste Hannah.

„Wie läuft denn dein Training?“, fragte Hannes, ohne auf ihre letzte Nachricht einzugehen.

„Katastrophe. Slalom geht nicht. Die Hütchen sind so eng.“

„Wie eng?“, schrieb Hannes zurück.

„40 cm“, tippte Hannah.

Sie hatte die SMS kaum gesendet, als ihr Handy zu vibrieren begann. „Hannes ruft an“, verkündete das Display.

„Ein halber Meter ist das Minimum“, sagte er anstelle einer Begrüßung.

„Bitte was?“

„Ein halber Meter ist der kleinste Abstand zwischen den Pylonen, der bei Turnieren in der Jugendklasse zugelassen ist.“

„Das war vielleicht zu deiner Zeit so. In Aachen sind vierzig Zentimeter vorgegeben.“

„Das kann ich mir nicht vorstellen.“

Hannah merkte, wie sie wütend wurde. „Was soll das denn heißen? Ich hab das Pattern doch gesehen. Vierzig Zentimeter.“

„Das schafft kein normales Westernpferd. Ein Pony vielleicht, aber ein Quarterhorse? Glaub ich nicht.“

„Acapulco schafft es ja auch nicht. Ach, ist ja egal. Ich weiß gar nicht, warum ich dir das alles überhaupt erzähle. Du kannst mir doch auch nicht helfen.“

„Woher willst du das wissen?" Jetzt klang Hannes gekränkt. „Ich könnte mir das morgen mal ansehen."

„Was?"

„Na, das Pattern und wie du das Ganze so machst."

Hannah zuckte mit den Schultern, was Hannes natürlich nicht sehen konnte. „Warum nicht?", meinte sie dann. „Wenn du willst, können wir direkt nach der Schule auf die Ranch fahren."

„Gerne. Aber jetzt solltest du schlafen."

Hannah lachte. „Du bist doch auch noch wach!"

„Ich reite am Sonntag aber kein Turnier."

„Ich vielleicht auch nicht."

„Bitte was?"

Hannah schluckte. „Ich pack das nicht, Hannes. Sue und Uwe und dein Vater und die anderen, die erwarten doch alle von mir, dass ich gewinne. Aber heute beim Training hab ich völlig versagt. Ich hab totale Anfängerfehler gemacht, das kannst du dir überhaupt nicht vorstellen ..."

„Doch", sagte Hannes ruhig. „Ich weiß genau, wie du dich fühlst."

„Ach. Echt?", fragte Hannah schnippisch.

„Ja, echt. Weil es mir früher nämlich ganz genauso ging. Vor dem Turnier war ich jedes Mal überzeugt, dass ich alles vermasseln würde. Dann hab ich es doch irgendwie geschafft, jedenfalls meistens. Aber dieses Gefühl vorher, das war einfach ... schrecklich."

Ein paar Sekunden lang schwiegen sie beide.

„Ich versprech dir eines, Hannes“, sagte Hannah ernst. „Egal wie die Sache am Sonntag ausgeht …“

Sie machte eine kleine Pause und wartete darauf, dass Hannes etwas sagte, aber er schwieg weiter.

„Egal, wie die Sache am Sonntag ausgeht: Das wird mein erstes und letztes Turnier.“

Hannes schwieg immer noch.

„Bist du noch dran?“, fragte Hannah.

„Klar.“ Hannes räusperte sich. „Das wär schön, Hannah“, meinte er dann. „Wenn du am Sonntag gewinnst und danach trotzdem aufhörst, das wäre einfach richtig … grandios.“

„Aber das wird nicht passieren“, sagte Hannah düster. „Ich meine, dass ich gewinne.“

„Doch“, sagte Hannes. „Ich helf dir. Du schaffst es. Weißt du noch, wie es beim Vorreiten war? Das hast du auch geschafft. Einfach nur, weil du an dich geglaubt hast.“

„Aber …“

„Nichts aber“, unterbrach er sie. „Schlaf jetzt. Morgen wird alles gut.“

Schlaf jetzt. Das sagte er, als ob es so einfach wäre. Doch als Hannah das Telefon zurück auf den Nachttisch gelegt hatte, fühlte sich ihr Körper wirklich schwer und müde an.

„Morgen wird alles gut“, murmelte sie und versuchte

sich noch einmal den Ablauf des Patterns ins Gedächtnis zu rufen. Sie kam nur bis zu den Stangen-Ws. Dann schlief sie ein.

Der Liebesbrief

Obwohl sie kaum geschlafen hatte, fühlte sich Hannah beim Frühstück so frisch und ausgeruht wie schon lange nicht mehr. Morgen wird alles gut, hatte Hannes ihr versprochen. „Und morgen ist heute", murmelte sie, bevor sie an ihrem Kakao nippte.

„Wie bitte?", fragte ihr Vater und senkte seine Zeitung ein Stück.

„Nichts", entgegnete Hannah.

„Bist du schon aufgeregt wegen Sonntag?", fragte Herr Hoffmann.

„Es geht", meinte Hannah. Und es stimmte, es ging wirklich. Die schreckliche Nervosität, die sie in den letzten Tagen fast rund um die Uhr begleitet hatte, schien sich gelegt zu haben. Sie fühlte sich sehr viel gelassener.

„Hast du was genommen?", fragte Max. „Valium oder so?"

Hannah stand auf. „Ich muss los." Nein, auch Max konnte sie nicht aus der Ruhe bringen. Sein Spott lief einfach an ihr ab wie Öl.

Das Gefühl trug sie durch die ersten beiden Schulstunden. Mathe und Englisch. In beiden Fächern stand sie auf einer schlechten Vier. Wenn dieser bescheuerte Wettkampf vorbei ist, dann häng ich mich in der Schule wieder richtig ins Zeug, beschloss Hannah. Nie wieder ein Turnier, dieser Gedanke machte sie wirklich glücklich. Und die Erinnerung an Hannes' ruhige, zuversichtliche Stimme.

Er glaubt an mich, dachte Hannah, als sie nach der großen Pause den Biosaal betrat.

Bio war das einzige Fach, in dem Myriam und sie noch nebeneinandersaßen. In allen anderen Stunden hatte Myriam sich in die erste Reihe gesetzt. Aber ihre Biolehrerin Frau Krauß konnte sich schlecht Gesichter merken und duldete es deshalb nicht, wenn Schüler während des Halbjahres ihre Plätze wechselten.

„Morgen." Myriam ließ sich neben Hannah auf ihren Stuhl plumpsen.

„Morgen", gab Hannah zurück.

Morgen. Tschüss. Das waren so ziemlich die einzigen Worte, die sie noch miteinander wechselten. Sobald Hannah eine Unterhaltung anfing, ignorierte Myriam sie einfach. Inzwischen versuchte Hannah es allerdings auch gar nicht mehr.

Myriam trainierte bestimmt genauso viel wie Hannah, wahrscheinlich sogar mehr. Aber ihre Noten wurden trotzdem nicht schlechter. In Französisch hatte sie neulich eine Eins geschrieben, das hatte Hannah zufällig mitbekommen. Und in dem Biotest, den Hannah vollkommen verhauen hatte, hatte Myriam natürlich null Fehler gehabt.

Sie lernte so unglaublich mühelos. Was sie einmal im Unterricht gehört hatte, behielt sie, ohne dass sie es zu Hause sorgfältig wiederholen musste wie Hannah. Hannah hatte Myriam früher immer um diese Fähigkeit beneidet, aber nun hasste sie Myriam richtiggehend dafür, dass ihr alles so leichtfiel. Ich muss sie unbedingt besiegen, dachte Hannah. Ich ertrage es einfach nicht, wenn sie auch noch bei dem Turnier besser ist als ich.

Und dann erinnerte Hannah sich wieder daran, wie schlecht Myriams Auftritt bei der Vorausscheidung gewesen war, und lächelte triumphierend.

„Hannah?“ Frau Krauß stand plötzlich direkt vor ihr. „Du siehst so glücklich aus. Bestimmt möchtest du uns deine Hausaufgaben vorlesen.“

Aber das Bioheft lag zu Hause auf Hannahs Schreibtisch. Mist! Dabei hatte sie die Aufgaben gestern Abend sogar noch gemacht.

Myriam zog die Mundwinkel ein winziges Stück nach oben, während Frau Krauß ihr Notizbuch zückte und ein dickes Minus neben Hannahs Namen malte.

Warte nur ab!, dachte Hannah finster. Wer zuletzt lacht, lacht am besten.

Sie entdeckte den Brief erst, als die Stunde fast zu Ende war. Er steckte in Myriams Mäppchen, das zwischen ihnen auf dem Tisch lag. Eine Ecke des Umschlags lugte hervor. Und immer wenn Myriam einen Stift herauszog oder zurückschob, konnte man die unordentliche Jungenhandschrift auf dem Kuvert sehen. „Für Myriam", las Hannah. Und links oben, da wo sich bei richtigen Briefen der Absender befand, stand nur ein einzelner Buchstabe. „H."

H. H wie Hannes.

So ein Quatsch, dachte Hannah. Es gab Hunderte von Jungennamen, die mit einem H begannen. Heiner, Hilmar, Harald, Hugo. Nur dass Hannah niemanden kannte, der so hieß. Und Myriam wahrscheinlich auch nicht.

Vielleicht hatte ja auch ein Mädchen den Brief geschrieben. Helen. In letzter Zeit verstand sich Myriam doch so gut mit ihr.

Aber warum sollte Helen Myriam einen Brief schreiben, wenn sie ihr den Inhalt genauso gut erzählen konnte? Myriam und sie saßen doch sogar meistens nebeneinander.

Es war unerträglich. Hannah musste unbedingt wissen, wer diesen Brief geschrieben hatte. Sie musste ihn haben.

Doch während sie noch darüber nachdachte, wie sie den Umschlag an sich bringen konnte, schloss Myriam das Mäppchen und steckte es in ihren Rucksack. Hannah hatte ihre Chance verpasst. In den nächsten Stunden würden sie nicht mehr nebeneinandersitzen.

Zu dumm, dachte Hannah.

„Ich muss mal aufs Klo“, sagte Myriam. „Kannst du meine Tasche mit ins Klassenzimmer nehmen?“

Wow! Das waren mindestens zehn Worte gewesen, so viel hatten sie in den ganzen letzten Wochen nicht miteinander geredet. Und es war die perfekte Gelegenheit für Hannah, den Brief an sich zu bringen.

„Klar mach ich das“, sagte Hannah.

Myriam benutzte die Toilette im ersten Stock, gleich neben dem Biosaal, also ging Hannah nach unten ins Erdgeschoss.

Sie schloss sich in eine der Kabinen ein, zog das Mäppchen aus Myriams Rucksack und den Brief aus dem Kuvert und las:

„Liebe Myriam,
ich muss auch ständig an dich denken. Mach dir keine Sorgen wegen Sonntag! Wenn eine Reiterin den ersten Platz im Trail verdient hat, dann bist das du. Hannah hab ich öfter beim Training zugesehen, sie baut in letzter Zeit echt ab. Mit manchen Übungen hat sie große Schwierigkeiten und ihre Gesamthaltung ist so na ja. Aber wir wussten ja beide von Anfang an, dass sie keine

echte Gefahr für dich ist. Du wirst es als Westernreiterin noch weit bringen, da bin ich mir ganz sicher.
Sehen wir uns heute Nachmittag wieder bei Alberto?
Ich freu mich schon auf dich.
☺ Hannes.“

Das Blut rauschte in Hannahs Ohren, lauter als jede Toilettenspülung.

Einen Moment lang überlegte sie, ob sie Hannes' Brief einfach zusammenknüllen und ins Klo werfen sollte. Abziehen und weg damit.

Aber dann faltete sie das Blatt wieder zusammen, steckte es in den Umschlag und schob ihn zurück in Myriams Mäppchen. Myriam sollte nicht merken, dass Hannah den Brief gelesen hatte. Diesen Triumph würde sie ihr nicht gönnen.

Morgen wird alles gut, hatte Hannes gestern noch zu Hannah gesagt. Du musst an dich glauben, dann gewinnst du auch. Und nun das. Ein Liebesbrief an Myriam. Wie ein Dolch, den er Hannah von hinten in den Rücken rammte.

Warum hatte Hannes sie gestern angesimst? Warum bloß hatte er so getan, als ob er ihr helfen wollte?

Er will mich reinlegen, dachte Hannah bitter. Er wollte heute mit mir in den Roundpen, um mir falsche Tipps zu geben und mich vollkommen zu verunsichern. Damit sein Schatz Myriam gewinnt und ich verliere.

„Du wirst es als Westernreiterin noch weit bringen“, hatte er Myriam geschrieben. Und zu Hannah hatte er gesagt, dass er es grandios fände, wenn sie die Turnierreiterei an den Nagel hängen würde.

Das war so mies, so gemein, so scheußlich.

Hannah wartete darauf, dass sich die Trauer und die Verletztheit in Wut verwandelten, die sie stark machten. Sie musste Myriam zeigen, was in ihr steckte, und Hannes erst recht. Das war die einzig vernünftige Reaktion auf diesen Verrat.

Aber sie wurde nicht wütend.

Sie fühlte sich einfach nur elend.

Nach Schulschluss erwartete Hannes sie schon bei den Fahrradständern.

„Hi!“, begrüßte er Hannah freudig. „Und? Konntest du gestern noch einschlafen oder bist du die ganze Nacht wach geblieben?“

So ein Heuchler!

„Und du?“, gab sie genauso freundlich zurück.

„Ich hab prima geschlafen“, erklärte er.

„Und? Von wem hast du geträumt?“ Ihre Stimme klang total süßlich. Auch Hannes fiel jetzt auf, wie falsch ihr Ton war. Sein Lächeln flackerte wie eine Lampe mit Wackelkontakt.

„Von mir?“ Hannah strahlte ihn verliebt an. „Oder von Myriam?“

„W... w... was?“ Er riss verwirrt die Augen auf. „Was soll das denn jetzt?“

„Ich weiß, was du abziehst“, sagte Hannah kalt. „Ich verstehe zwar nicht genau, warum du das machst. Ich hab dir schließlich nichts getan. Aber vermutlich steckt Myriam dahinter. Ist ja auch egal. Auf jeden Fall musst du dir keine Mühe mehr geben. Ich lass mich von dir nicht verarschen!“

Sie riss ihr Fahrrad aus dem Ständer, schwang sich auf den Sattel und fuhr vom Schulhof, bevor er irgendetwas entgegnen konnte. Eigentlich war sie fest entschlossen, sich nicht mehr zu ihm umzudrehen. Aber bevor sie am Tor auf die Straße einbog, warf sie doch noch einen Blick über die Schulter. Und sah Myriam, die gerade auf Hannes zuging.

Das Lächeln in ihrem Gesicht tat so weh, dass Hannah die Tränen in die Augen schossen. Aber das konnte Hannes zum Glück nicht mehr sehen.

Die Reitstunde am Donnerstag war schlimm gewesen. Aber verglichen mit dem Training von heute war sie geradezu großartig verlaufen.

Nichts klappte. Beim Galopp nahm Acapulco die Stangen zwischen die Beine. Er weigerte sich, über die Brücke zu gehen. Die ersten beiden Pylone beim Slalom schaffte er noch, den dritten riss er um und dann brach er nach links aus.

Schluss, aus, Ende! Acapulco blieb einfach stehen und schnaubte frustriert. Er wollte sich nicht mehr quälen lassen.

Und Uwe ging es ähnlich.

„Hannah, um Himmels willen“, rief er und warf beide Hände in die Höhe. „Was ist denn bloß mit dir passiert? Ich erkenn dich ja nicht wieder!“

Sie erkannte sich selbst auch nicht wieder. Warum fing sie denn jetzt auch noch an zu heulen? Sie benahm sich ja wie eine Grundschülerin.

„Es geht nicht“, schluchzte sie.

„Das sehe ich“, sagte Uwe trocken. „Aber ich verstehe einfach nicht, wo dein Problem ist. Liegt es an mir, mach ich etwas falsch?“

„Nein.“ Sie fummelte ein Taschentuch aus der Tasche und schnäuzte sich. Aber es nützte nichts, es kamen ja ständig neue Tränen nach. „Es ist alles meine Schuld. Ich hätte von Anfang an wissen müssen, dass ich das nicht packe.“

„So ein Blödsinn. Bisher bist du doch super geritten. Aber wenn am Sonntag deine Nerven genauso blank liegen wie heute, dann hast du keine Chance.“

Da. Nun hatte er ausgesprochen, was Hannah die ganze Zeit schon dachte. Ihre Nerven waren einfach nicht stark genug. Und Uwe hatte von Anfang an gesagt, dass der Turniersieg vor allem eine Nervensache war.

„Willst du es noch einmal versuchen?", fragte Uwe.

Sie schüttelte den Kopf. Sie würde es nicht schaffen. Hannah schnäuzte sich. Als sie das durchnässte Taschentuch zurück in die Tasche stopfte, sah sie, dass Uwe verstohlen auf seine Uhr blickte.

Ihre Zeit war abgelaufen.

Hannes rastet aus

Als sie den Entschluss einmal gefasst hatte, war es eine große Erleichterung. Sie würde beim Turnier in Aachen nicht scheitern. Weil sie gar nicht erst antreten würde.

Ihre Eltern machten ihr bestimmt keine Vorwürfe. Im Gegenteil, wahrscheinlich wären sie erleichtert, dass Hannah endlich wieder zur Vernunft kam. Sue würde Hannah ebenfalls verstehen. Auch wenn es für sie natürlich bitter war. Sie hatte ja am meisten in Hannah investiert.

Und die anderen Pferdemädchen wären am Anfang schockiert, dann sauer und später würden sie Hannahs Gründe akzeptieren. Oder eben nicht.

Egal wie, Hannah hatte ihre Entscheidung getroffen. Sie würde nicht antreten.

Uwes Gesicht war ganz starr, als sie ihm ihren Entschluss nach der Reitstunde mitteilte.

„Ich weiß, dass das eine große Enttäuschung für dich ist, weil du dir so viel Mühe mit mir gegeben hast", sagte Hannah. „Aber es hilft alles nichts."

Seine Unterkiefer mahlten lautlos, als kaute er auf

ihrer Antwort herum. Dann nickte er, ohne die Miene zu verziehen.

„Das ist wirklich eine Enttäuschung", sagte er leise. „Aber du musst wissen, was du willst. Ich kann das Turnier nicht für dich reiten. Und wenn der Kampfgeist, der Wille zum Sieg, nicht stark genug ist, dann hilft alles nichts."

Der Wille zum Sieg. Der fehlte ihr, da hatte Uwe Recht.

Hannah versuchte ruhig und gleichmäßig zu atmen, als sie Acapulco zurück zum Stall führte. So wie Uwe es ihr am Anfang ihrer Reitstunden beigebracht hatte. Atme deine Unsicherheit einfach weg, hatte er gesagt. Aber die Erinnerung daran, wie zuversichtlich sie damals gewesen war, brachte sie wieder zum Heulen. Verdammt.

Acapulco spürte ihre Trauer. Sein Kopf hing so tief nach unten, als ob er ebenfalls weinte.

Am Eingang zum Stall lehnte Hannes.

Weil ihre Augen voller Tränen standen, erkannte Hannah ihn erst, als sie ihn fast erreicht hatte. Und nun geschah endlich das, worauf sie heute Mittag schon gewartet hatte: Ihre Verzweiflung schlug in wilde Wut um.

Das war ja wohl das Allerletzte! Wie konnte Hannes es wagen, hier aufzukreuzen! Wahrscheinlich fand er es lustig, ihr verheultes, verschwollenes Gesicht zu sehen. Dabei war er doch an allem schuld. Wenn Hannes ihr nichts vorgemacht hätte, wenn er sie nicht mit Myriam betrogen hätte, dann hätte sie ihren Mut nicht verloren. Er war der Tropfen gewesen, der das Fass zum Überlaufen gebracht hatte.

Jetzt stieß er sich von der Stallwand ab und kam auch noch auf sie zu. Hannah ließ Acapulcos Zügel los. Ihre Hände ballten sich zu Fäusten. Na warte!

Aber Hannes beachtete sie gar nicht. Er ging mit großen, festen Schritten an ihr vorbei und lief quer über den Hof auf Uwe zu, der gerade seinen Wagen aufschloss.

Überrascht blickte Uwe auf und lächelte ihn an. Aber dann machte er ein verblüfftes Gesicht, weil Hannes nämlich genau das tat, was Hannah mit ihm hatte machen wollen. Er warf sich mit ausgestreckten Armen und voller Wucht gegen Uwes Brust.

Uwe taumelte. Hannes war viel kleiner als er und um einiges schmächtiger. Aber der Angriff kam für Uwe vollkommen unerwartet. Er fiel fast um, erst im letzten Moment fing er sich wieder.

„He!“, rief er. „Was soll das denn?“

Wamm! Noch ein Stoß. Diesmal war Uwe vorbereitet, dennoch stolperte er ein Stück nach hinten.

„Du linke Ratte!“, schrie Hannes. „Was glaubst du eigentlich, wer du bist!“

Uwe wischte sich den Staub von den Ärmeln. „Du hast sie wohl nicht mehr alle!“

„Du willst Hannah fertigmachen“, rief Hannes.

„Bitte?“

„Sag mal, spinnst du, Hannes?“, schrie Hannah und rannte über den Hof zu den beiden. „*Du* wolltest mich fertigmachen und du hast es auch geschafft. Und jetzt willst du die Schuld dafür Uwe in die Schuhe schieben. Wahrscheinlich hast du Angst, dass dein Vater ausrastet, wenn er erfährt, was du hier abgezogen hast.“

„Ich bin auf deiner Seite“, sagte Hannes, ohne den Blick von Uwe zu wenden. „Aber die wollen uns auseinanderbringen.“

„Ach.“ Uwe hatte sich wieder gefangen. „Kannst du das mal erklären? Wer sind denn *die?*“

„Ich hab dich mit Heike Petersen gesehen“, erwiderte Hannes.

Uwe zuckte die Achseln. „Na und? Ich kenn die Petersens aus meiner Zeit in Kanada. Das wussten dein Vater und Sue aber schon, bevor sie mich als Trainer für Sunshine engagiert haben. Sie hatten kein Problem damit. Warum auch?“

Diese Antwort brachte Hannes aus dem Konzept. Ratlos sah er Hannah an, als erwartete er ausgerechnet von ihr Hilfe.

„Ich hab überhaupt keine Ahnung, was das hier soll“, sagte sie kühl. „Ich weiß nur, dass ich keinen

Bock darauf habe. Hau endlich ab und lass mich in Ruhe."

„Hannah ...", begann Hannes, aber nun unterbrach ihn Uwe. „Worauf wartest du noch? Deutlicher kann man es nicht mehr sagen. Es reicht, Hannes. Ich würde vorschlagen, du verschwindest und wir vergessen den ganzen Vorfall."

Hannes beachtete ihn gar nicht. Er starrte die ganze Zeit Hannah an. Sie hielt seinem Blick stand, bis er als Erster die Augen senkte.

„Du machst einen Riesenfehler", murmelte er. Dann drehte er sich wortlos um und marschierte zu seinem Rad. Uwe sah ihm kopfschüttelnd nach, bis er vom Hof gefahren war.

„Hannah, du hast meine Handynummer", meinte er dann. „Wenn du deine Meinung änderst, gib mir sofort Bescheid. Noch ist es nicht zu spät. Und ich bin nach wie vor der Meinung, dass du es wenigstens versuchen solltest. Aber wenn ich bis morgen Mittag nichts von dir höre, dann ziehe ich deine Anmeldung zurück."

Sie schüttelte den Kopf. „Nee, meine Entscheidung steht. Ich steig aus."

Zu Hannahs Erleichterung waren ihre Eltern nicht zu Hause. *Wir sind mit Max in der Stadt und kommen um ca. 19 Uhr zurück,* hatte ihre Mutter auf einen Zettel geschrieben, der auf dem Küchentisch lag.

Hannah nahm sich einen Joghurt aus dem Kühlschrank und begann ihn vor dem Fernseher zu essen. Aber nach ein paar Löffeln stellte sie den Becher wieder weg. Kein Appetit.

Sie war einfach viel zu nervös. Dabei müsste sie sich doch erleichtert und befreit fühlen, nachdem sie sich endlich entschlossen hatte, das Turnier abzusagen.

Du machst einen Riesenfehler, hatte Hannes gesagt. Aber was er damit meinte, hatte er ihr nicht erklärt.

Wie er sie vorhin angesehen hatte, als sie ihn weggeschickt hatte! Wenn sie nicht genau gewusst hätte, dass er sie mit Myriam hinterging, wäre sie sich sicher gewesen, dass er sie selbst ziemlich gut fand.

Unsinn. Das war Wunschdenken, das bildete sie sich nur ein. Sie hatte seinen Liebesbrief an Myriam doch mit eigenen Augen gelesen.

Der Liebesbrief. Eigentlich seltsam, dass Hannes Myriam einen Brief geschrieben hatte. Und keine SMS oder eine Mail. Und dann hatte Myriam den Umschlag auch noch so in ihr Mäppchen gesteckt, dass Hannah ihn hatte sehen müssen.

Kannst du meine Tasche mit ins Klassenzimmer nehmen? In den letzten Wochen hatte Myriam kaum ein Wort mit Hannah gewechselt, sie hätte sie niemals um einen Gefallen gebeten und wäre er auch noch so klein gewesen.

Myriam wollte, dass ich den Brief finde, erkannte

Hannah plötzlich. Und sie wollte auch, dass ich ihn lese. Deshalb hat sie mir ihren Rucksack mitgegeben.

Es war alles ein abgekartetes Spiel.

Aber warum? Warum tat Myriam so etwas?

Die wollen uns auseinanderbringen, hatte Hannes vorhin gesagt.

Aber offensichtlich hatte er selbst nicht richtig gewusst, wen er mit *die* meinte. Und ob es wirklich nur um dieses Turnier am Sonntag ging oder um mehr.

Kingsize, dachte Hannah. Alle diese Fragen hingen mit der Kingsize Ranch zusammen. Und die Antworten dazu würde sie auch nur auf der Ranch finden.

Doch Kingsize war für Hannah tabu, sie hatte dort Hausverbot. Andererseits ... was konnte schon passieren, selbst wenn man sie erwischte? Nachdem sie sich ohnehin dazu entschlossen hatte, das Turnier nicht mitzureiten?

Hannah griff zur Fernbedienung, schaltete den Fernseher aus und stand auf. Sie würde ein für alle Mal Klarheit in die ganze Angelegenheit bringen.

Hannah wartete so lange vor der Ranch, bis sich eine Gruppe Mädchen auf Fahrrädern näherte. Fünftklässlerinnen, die meisten von ihnen kannte Hannah vom Sehen. Schnatternd und gackernd radelten sie auf den Hof und merkten nicht einmal, dass Hannah sich ihnen angeschlossen hatte.

Während die Mädchen sich über das Reiten unterhielten, sah Hannah sich verstohlen um. Nirgendwo eine Spur von Petersen oder seiner Frau. Oder von Myriam. Wahrscheinlich trainierte sie in einem der Roundpens, die hinter der Reithalle lagen.

Hannah löste sich aus dem Pulk der Mädchen und machte sich mit klopfendem Herzen auf den Weg. Die vier Reitplätze lagen hintereinander, das wusste sie noch von ihrem Besuch am Flatrate-Day. Auf der ersten Fläche trainierte eine junge Frau Reining. Mit spitzen Schreien trieb sie ihr Quarterhorse zu einem Spin auf der Hinterhand. Das Pferd sah nicht aus, als ob ihm die Sache großes Vergnügen bereitete. Armes Tier.

In den Roundpens zwei und drei zogen zwei kleine Mädchen auf Ponys ihre Runden. Die Reitlehrer, die die Pferde an der Longe laufen ließen, waren Hannah beide unbekannt.

Im letzten Reitplatz stand Petersen. Hannahs Herz machte fast einen Salto, als sie ihn erkannte. Sie wich einen Schritt zurück und verbarg sich hinter einem Baumstamm am Rand des Weges. Aber das Mädchen, das mit Petersen trainierte, war leider nicht Myriam.

Was für eine bescheuerte Idee hierherzukommen, dachte Hannah plötzlich. Was hatte sie eigentlich erwartet? Selbst wenn sie Myriam irgendwo entdeckte, würde sie das nicht weiterbringen. Ob sie wieder nach Hause sollte?

Aber gerade kam eine der Fünftklässlerinnen von vorhin auf sie zu. Sie führte eine kleine Haflingerstute am Halfter neben sich her.

„Kennst du dich hier aus?“, fragte Hannah sie. „Ich wollte mich in der Reithalle mit Heike Petersen treffen. Ich soll den Nebeneingang nehmen, hat sie gesagt.“

Hoffentlich gab es in der Halle überhaupt einen Nebeneingang. Zu ihrer Erleichterung nickte die Kleine jedoch sofort.

„Der Nebeneingang ist da vorn.“ Sie deutete auf die Seite der Halle, die an den Stall anschloss. „Rechts geht’s in den Stall, der linke Gang führt in die Halle.“

Das Pattern

Hannahs Herz wanderte aus ihrer Brust in ihren Hals. Als sie in den Gang trat, der in die Reithalle führte, klopfte es irgendwo in ihrer Kehle. Hannah fragte sich, was wohl geschehen würde, wenn Petersen sie hier entdeckte. Ob er sie zur Polizei schleppen würde? Ihre Eltern wären bestimmt total begeistert, wenn sie ihretwegen eine fette Geldstrafe zahlen durften.

Ich hätte nicht herkommen sollen, dachte Hannah erneut. Sie beschloss, einen kurzen Blick in die Halle zu werfen und dann wieder abzuhauen.

Weiter hinten mündete der schmale Gang in einen großen Raum. Hannah drückte sich an der Wand entlang, bis sie fast das Ende erreicht hatte. Wenn man sich jetzt ein Stück nach vorn beugte, konnte man den Reitplatz sehen.

Neugierig reckte sie den Kopf … und zog ihn sofort erschrocken wieder zurück. Da vorne galoppierte Myriam. Heike Petersen stand in der Mitte der Reithalle, die Hände in die Hüften gestemmt.

Glücklicherweise konzentrierten sich die beiden viel

zu sehr auf das Training, um Hannah zu bemerken. Sie wagte sich noch einen Schritt nach vorn, wobei sie sich so eng wie möglich an die Wand presste. Es war riskant, denn wenn Heike den Kopf auch nur ein Stück zur Seite drehte, würde sie sie hier entdecken. Aber das war Hannah plötzlich egal.

Myriam wechselte vom Galopp in den Trab. Sie saß nicht mehr auf dem großen Pferd, das sie bei der Vorausscheidung geritten hatte, sondern auf einer schlanken Westernstute. Es war kaum zu fassen, wie Myriam und das Quarterhorse harmonierten. Reiterin und Pferd bildeten eine vollkommene Einheit, sie bewegten sich wie ein einziger, zusammengehöriger Körper. Das dunkelbraune Fell der Stute hatte genau denselben Farbton wie Myriams langes Haar. Das war natürlich Zufall oder etwa nicht?

Jetzt lenkte Myriam die Stute über eine Holzbrücke. Ihre rechte Hand hielt die Zügel, die linke lag locker auf ihrem Oberschenkel. Die Haltung war entspannt und trotzdem einwandfrei.

„Super!“, lobte Heike und Hannah gab ihr im Stillen Recht. Myriam war einfach umwerfend gut. Ein lockerer Galopp über mehrere Stangen. Anschließend der Slalom. Leicht und wendig trabte das Quarterhorse um die Hütchen. Danach das Gleiche noch einmal rückwärts, diesmal allerdings im Schritt. Einmal vorwärts, dann wieder zurück.

Was war das für ein Pattern, das Myriam da ritt? Die Abfolge der Übungen hatte nichts mit dem zu tun, was Hannah vorhin auf der Sunshine Ranch trainiert hatte. Die Pylone in der Reithalle waren auch bei Weitem nicht so eng aufgestellt, die einzelnen Hütchen hatten mindestens siebzig Zentimeter Abstand zueinander.

Ein halber Meter ist der kleinste Abstand zwischen den Pylonen, der bei Turnieren in der Jugendklasse zugelassen ist, hatte Hannes ihr gestern noch erklärt. Aber Hannah hatte ja nicht auf ihn gehört. Sie hatte sich ganz auf Uwe verlassen. Und dem hatte die Turnierleitung offensichtlich die falschen Unterlagen zugeschickt.

Wie hatte das passieren können? Das war doch kein Zufall! Hinter der Nummer mit dem falschen Pattern steckte bestimmt die Kingsize Ranch.

Na klar! Mit einem Mal ergab auch das Hausverbot Sinn. Natürlich hatten die Petersens Hannah, Sue und Uwe mit allen Mitteln davon abhalten wollen, auf der Ranch aufzukreuzen und Myriam beim Training zu beobachten.

Aber nun bin ich doch hier und euer mieses Spiel ist aufgeflogen!, triumphierte Hannah. Wie hatten die Petersens es nur eingefädelt, ihnen das falsche Pattern unterzujubeln? Das konnte sie sich beim besten Willen nicht erklären.

Es war auch nicht der richtige Zeitpunkt, um darüber nachzudenken.

„Noch mal von vorn!“, rief Heike und drehte sich um, sodass sie genau in Hannahs Richtung blickte. Jetzt war alles aus, jetzt musste sie sie entdecken! Hannahs Herz plumpste aus ihrem Hals in ihre Kniekehlen. Metertief.

Ausgerechnet in diesem Moment klingelte Heikes Handy. Stirnrunzelnd zog sie es aus ihrer Hosentasche. Nach einem Blick auf das Display nahm sie das Gespräch an. Während sie sprach, trabte Myriams Pferd zurück zum Ausgangspunkt. Leider konnte Hannah kein Wort von Heikes Unterhaltung verstehen, aber es war deutlich zu erkennen, dass sie immer genervter wurde.

Nachdem Myriam ihren Parcours fast wieder beendet hatte, klappte Heike das Handy zu.

„Wir müssen Schluss machen“, rief sie Myriam zu. „Ich muss leider weg!“

„Was? Jetzt? Aber ich wollte doch noch …“

„Du kannst das Pattern ja alleine noch mal durchgehen“, meinte Heike. „Und morgen Vormittag treffen wir uns dann zur endgültigen Abstimmung. Mach dir keine Sorgen, du bist schon richtig gut, das wird super!“

Sie steuerte auf den Nebenausgang zu, genau zu der Stelle, wo Hannah gerade noch gestanden hatte. Hannah rannte schon zurück zum Ausgang. Anstatt allerdings nach rechts abzubiegen und auf den Hof zu laufen, wo Heike sie mit Sicherheit entdeckt hätte, hastete sie geradeaus in den Stall.

Du liebe Zeit, der war ja fast doppelt so groß wie der Stall der Sunshine Ranch. Die meisten Boxen standen leer, wahrscheinlich waren die Pferde auf der Koppel.

Die Kleine, die Hannah vorhin vor dem Roundpen gesehen hatte, stand in einer der Boxen und striegelte ihren Haflinger. „Hast du Heike gefunden?“, fragte sie, als Hannah angeschossen kam.

„Heike?“ Hannah blieb stehen. Richtig, angeblich war sie ja mit ihr verabredet gewesen. „Nein … äh … sie war nicht in der Halle. Und nun suche ich … das Büro.“

„Geradeaus über den Hof. Das kannst du gar nicht verfehlen. Aber ich glaube nicht, dass sie um diese Zeit da ist …“

Hannah rannte schon weiter. Sie musste weg von hier, irgendwohin, wo sie in Ruhe über alles nachdenken konnte.

An der Stalltür hielt sie inne und spähte auf den Hof. Niemand war zu sehen. Direkt vor ihr stand ein offener Kleintransporter. Wo war Heike?

„Hi, Heike!“, hörte sie hinter sich die Stimme der Fünftklässlerin. „Gut, dass du kommst. Hier war gerade jemand, der dich gesucht hat.“

Hannah warf einen erschrockenen Blick über die Schulter. So ein Mist, Heike hatte offensichtlich den gleichen Weg eingeschlagen. Sie stand direkt hinter ihr, vor der Box der Haflingerstute.

„Mich? Wer denn? Ich hab jetzt keine Zeit …"

Hannah hatte auch keine Zeit. Noch hatte Heike sie nicht entdeckt, aber das würde sich ändern, wenn sie noch eine Sekunde zögerte. Sie schoss aus dem Stall und wollte über den Hof zu ihrem Fahrrad, aber im selben Moment bog Herr Petersen um die Ecke, ein Pferd am Halfter. Hannah schlug einen Haken und jagte wieder zurück.

Aber wohin? Über den Hof konnte sie nicht, im Stall war Heike. Blieb nur der offene Wagen. Ein Sprung und Hannah stand hinten auf der Ladefläche. Hier herrschte ein ziemliches Chaos, Paletten stapelten sich neben einem Strohballen, ein Berg von Pferdedecken reichte fast bis zur Decke.

Hannah duckte sich hinter dem Heuballen zusammen. Keine Sekunde zu früh. Rrrrrumsss! wurde die Seitentür zugehauen. Dann stieg jemand auf der Fahrerseite ein. Hannah hörte, wie der Motor angelassen wurde. Der Wagen setzte sich in Bewegung.

Langsam hob sie den Kopf und linste über den Strohballen nach vorn.

Hinter der Scheibe, die die Fahrerkabine vom Laderaum trennte, wippte ein Pferdeschwanz.

Heike.

Hannah ließ ihren Kopf wieder sinken. Sie machte

sich ganz klein, zog die Knie zum Körper und legte ihre Stirn darauf. Wo war sie nur hineingeraten?

Sie waren ungefähr eine Viertelstunde in Richtung Stadtmitte gefahren, als der Wagen plötzlich anhielt. Hannah blinzelte beunruhigt nach vorn. Wenn Heike jetzt ausstieg und das Fahrzeug abschloss, dann wäre Hannah gefangen. Vielleicht müsste sie die ganze Nacht in dem Lieferwagen ausharren, bis Heike zurückkam und sie befreite.

Aber Heike stieg nicht aus. Stattdessen wurde die Beifahrertür aufgerissen und jemand setzte sich neben sie.

„Hi“, hörte sie Heike sagen. Das Schiebefenster, das die Fahrerkabine vom Laderaum trennte, stand einen Spaltbreit offen, deshalb konnte man sie gut verstehen. „Hast du dich inzwischen wieder eingekriegt?“ Ihre Stimme war fast nicht wiederzuerkennen. Die beiden Male, in denen Hannah sich mit ihr unterhalten hatte, hatte sie so fröhlich und sympathisch geklungen. Jetzt klirrte sie vor Kälte.

„Tut mir leid, wenn ich dich nerve. Aber ich musste dich einfach sehen.“ Die Männerstimme, die nun antwortete, klang dagegen ziemlich kläglich. Kläglich .... und vertraut. Sehr vertraut sogar. Hannah wusste nur nicht, woher.

„Du gefährdest unsere ganze Sache, ist dir das eigentlich bewusst?", zischte Heike. „Das ist doch kein Kinderspiel. Wenn auffliegt, was wir vorhaben, bin ich meine Lizenz als Trainerin los."

„Hey, ganz cool", erwiderte der Mann, aber er klang selbst alles andere als gelassen.

Hannah hob ihren Kopf und blinzelte über den Strohballen nach vorn. Es war gar kein Mann, sondern eine Frau, die neben Heike saß, dachte Hannah zuerst verwirrt. Eine Frau mit langen schwarzen Haaren.

„Ich fühl mich einfach so total scheiße", sagte die Frau, die sich wie ein Mann anhörte. Dabei wandte sie den Kopf ein kleines Stück nach links und jetzt sah Hannah das Profil.

Es war Uwe.

Am Ende der Welt

Heike startete den Wagen und fuhr weiter. Über dem Motorenlärm war es viel schwieriger, das Gespräch zu belauschen.

Also wagte sich Hannah ein kleines Stück aus der Deckung hervor. Sie rutschte an dem Strohballen vorbei zum Palettenstapel. Nein, das war zu gefährlich, wenn Uwe sich jetzt umwandte, dann entdeckte er sie sofort.

Aber weiter hinten konnte sie nicht verstehen, was die beiden sagten. Hannahs Blick wanderte durch den Wagen und fiel auf den Stapel mit den Pferdedecken.

Sie zerrte eine aus dem Haufen und warf sie über sich. So versteckt, robbte sie auf das schmale Fenster zu. Sie war sich zwar alles andere als sicher, ob das eine gute Tarnung war, aber egal. Sie musste einfach wissen, was Uwe und Heike da vorne beredeten.

„Stell dich nicht so an", fauchte Heike gerade. „Die Kleine wird darüber hinwegkommen. Du hast doch selbst gesagt, dass sie heute Abend super gefasst war."

„Natürlich wird sie darüber hinwegkommen", entgegnete Uwe. „Sie kann ja froh sein, dass ihr der ganze

Mist erspart bleibt. Aber ich finde dieses Theater einfach nur zum Kotzen!“

„Kriegst du jetzt den Moralischen? Willst du aussteigen?“

Uwe schwieg einen Moment. „Ich find es einfach nur zum Kotzen“, wiederholte er dann.

„Was ist denn los? Du hattest doch bisher keine Probleme mit diesem … Theater.“

„So was wie diese Nummer hab ich ja auch noch nie gemacht“, erwiderte Uwe. „Das ist neu.“

Hannahs Herz hämmerte wie verrückt. Ein Wunder, dass Heike und Uwe es nicht hörten. Worüber redeten die beiden? Sie verstand kein Wort.

„Sie ist gut, das ist das Schlimmste“, fuhr Uwe fort. „Am Anfang war ich mir nicht ganz sicher. Aber schon bei der ersten Stunde hab ich gemerkt, was in ihr steckt. Sie hat ein Supergefühl für Pferde, das hab ich selten so erlebt.“

Von wem sprach Uwe?, fragte sich Hannah. Doch nicht etwa von ihr? Ein Supergefühl für Pferde?

„Myriam ist auch gut. Sie ist mehr als gut. Sie hat den Turniersieg echt verdient.“

„Wenn sie ihn wirklich verdient hätte, dann könnten wir uns diese Show doch sparen. Die beiden Mädchen könnten fair gegeneinander antreten. Und die Bessere würde gewinnen.“

Möge die Bessere gewinnen. Das hatte Heike damals

zu Hannah gesagt, als sie sich kurz vor der Vorausscheidung in Aachen getroffen hatten.

„Hör doch auf! Du weißt genau, dass es nicht um die Mädchen geht. Wir mussten Hannah in der Öffentlichkeit aufbauen und sie zur Favoritin machen, damit Myriams Sieg umso überraschender kommt."

„Stimmt. Es geht nicht um die Mädchen. Es geht ums Geld", stieß Uwe hervor.

„Es geht um uns", sagte Heike. „Um dich und mich." Jetzt veränderte sich ihr Tonfall plötzlich. Ihre Stimme wurde weich und süß wie Vanillecreme. Durch einen Spalt in der Decke beobachtete Hannah, wie sich Heikes rechte Hand vom Steuer löste und auf Uwes Schoß wanderte.

Seine Finger ergriffen und streichelten sie.

„Ach, Heike", hörte Hannah ihn murmeln. „Wenn ich mir da so sicher wäre, dann wäre alles gut."

„Es geht um unsere Liebe", säuselte Heike. „Und um unsere Zukunft. Mit dem Geld aus dem Deal kauf ich Andreas aus der Ranch, dann können wir gemeinsam durchstarten. Genau wie wir es uns immer erträumt haben."

Hannahs Gedanken spielten Fangen in ihrem Kopf. Einer jagte hinter dem anderen her, aber keiner holte seinen Vorgänger ein. *Mit dem Geld aus dem Deal.* Aus welchem Deal?

„Ist doch gut, dass Hannah gar nicht erst antritt",

sagte Heike jetzt. „Du hast es gerade selbst gesagt: Dadurch erspart sie sich eine Menge Frust."

Jetzt klang sie wieder genau wie die Heike, die Hannah kannte. Warm, verständnisvoll und herzlich. Uwe begann auch prompt zu nicken und obwohl Hannah ihn nur von hinten sah, merkte sie, wie er sich entspannte.

Hannah zog die Decke vor ihrem Gesicht zusammen. Sie hatte genug gesehen und gehört. Sie hatte zwar immer noch keine Ahnung, was die beiden da abzogen. Aber eines war klar: Uwe und Heike hatten sie von Anfang an benutzt. Sie hatten sie wie eine Marionette tanzen lassen und jetzt schnitten sie die Fäden ab. Nicht weil sie etwas gegen sie hatten, Hannah selbst war ihnen vollkommen gleichgültig, genau wie Myriam. Es ging allein um Uwes und Heikes Zukunft. Um ihr gemeinsames Liebesglück.

Nein, Quatsch, korrigierte Hannah sich. Uwe ging es vielleicht wirklich um die Liebe. Aber Heike ging es nur ums Geld. Das war sonnenklar. Auch wenn Uwe es natürlich nicht wahrhaben wollte.

Die Decke stank durchdringend nach Pferdeschweiß. Außerdem war sie total staubig. Hannah spähte erneut nach vorn. Wie lange wollten die beiden denn noch Händchen haltend durch die Gegend kurven? Aus dem Radio dudelte jetzt schmalzige Musik. Uwe und Heike wechselten nur hin und wieder ein zärtliches Wort, ansonsten schwiegen sie, in wohlige Gedanken versunken. Sie hatten sich wieder versöhnt, das war offensichtlich. Warum fuhren sie dann nicht endlich zurück?

„Sollen wir uns nicht irgendwo ein Hotel suchen?", schlug Uwe plötzlich vor.

Was? Um ein Haar hätte Hannah entsetzt aufgeschrien.

„Ein Hotel?", erwiderte Heike. „Das geht nicht. Ich hab nichts dabei. Und überhaupt ... Andreas ..."

„Du rufst ihn an und sagst, dass du bei einer Freundin bist, dass du was getrunken hast und nicht mehr nach Hause fahren willst", schlug Uwe vor. „Komm, bitte. Ich will heute Nacht nicht allein sein."

Heike zögerte. Sag nein, sag bitte, bitte nein!, beschwor Hannah sie in Gedanken. Sie hatte wirklich keine Lust, in diesem bescheuerten Lieferwagen auch noch zu übernachten.

Aber leider nickte Heike schließlich. „Okay", sagte sie leise. „Mir geht es ja genauso." Ihre Hand strich über Uwes Wange. Er schloss glücklich die Augen.

Sie lügt, du Blödmann!, dachte Hannah. Merkst du denn gar nichts?

Ein Landgasthof am Ende der Welt. Zumindest hatte Heike den Wagen offen gelassen, als sie reingegangen waren, um nach einem Zimmer zu fragen. Hannah hatte die Seitentür aufgeschoben und war nach draußen geschlüpft.

Da stand sie nun am Rand des Kundenparkplatzes und fröstelte in ihrem T-Shirt. Wenn sie wenigstens die Decke mitgenommen hätte! Hannah war den Tränen nahe.

Inzwischen waren ihre Eltern bestimmt längst wieder zu Hause und machten sich Sorgen, weil Hannah natürlich keine Nachricht hinterlassen hatte. Ihr Handy hatte sie ausgestellt, bevor sie zur Kingsize Ranch gefahren war. Jetzt schaltete sie es wieder an. Der Akku war fast leer. Natürlich. Wen wollte sie überhaupt anrufen?

Bevor sie sich darüber im Klaren war, wählten ihre Finger schon die Nummer. Nach dem dritten Klingeln ging Hannes dran.

„Hannah?“, rief er überrascht. „Was willst du denn?“ Zumindest legte er nicht gleich wieder auf.

Hannah wollte ihm in ein paar kurzen, knappen Sätzen schildern, was geschehen war. Aber sie hatte ja selbst nur die Hälfte verstanden, also kam sie schon nach wenigen Worten ins Schleudern. Und weil ihr so kalt war und sie sich so einsam und verloren fühlte, fing sie an zu weinen. Hilfe, diese Heulerei wurde langsam zur Gewohnheit. Aber sie konnte es einfach nicht verhindern.

„Meine Güte, Hannah. Beruhig dich doch erst mal“, sagte Hannes. „Wo steckst du überhaupt?“

„Das ist es ja gerade. Ich weiß es nicht!“, schluchzte sie. „Die haben in irgendeinem Dorf angehalten und sind ins Hotel. Und ich hab keine Ahnung, wie ich wieder zurückkommen soll.“

„Du musst rauskriegen, wo du bist“, sagte Hannes. „Kannst du nicht jemanden fragen?“

„Ich kann doch nicht einfach irgendwo klingeln und nach der Adresse fragen!“

„Warum nicht?“

„Was sollen denn die Leute denken?“

„Keine Ahnung. Ist doch vollkommen egal.“

„Und wenn ich weiß, wo ich bin? Was dann?“

„Dann sehen wir weiter.“

Hannah sah ein, dass Hannes Recht hatte. Sie wischte sich mit dem Handrücken übers Gesicht und ging zum Hotel. Sie hatte nicht die Spur einer Idee, was sie am Empfang erzählen sollte. *Ich hab mich beim Wandern verirrt. Meine Eltern haben mich ausgesetzt. Ich hab mein Gedächtnis verloren.* Die Hotelangestellten würden sofort die Polizei rufen.

Doch Hannah hatte Glück. Sie musste gar nichts erzählen. Als sie an die Rezeption trat, war weit und breit kein Mensch zu sehen. Aber in einem Plastikkorb auf der Theke lagen Streichholzpäckchen mit dem Logo des Hotels auf der Vorderseite. Und auf der Rückseite stand die Adresse.

„Zum Blauen Anker“, diktierte Hannah in ihr Handy. „Hauptstraße 8 in Hochneukirch.“

„Alles klar“, sagte Hannes.

„Und jetzt?“, fragte sie.

Ihr Handy piepste laut und aufgeregt.

„Mein Akku ist gleich alle“, rief Hannah alarmiert.

„Was?“

„Mein Akku …“ Aber die Leitung war schon tot.

Und jetzt?

Warten. Hoffen. Frieren.

Als der Wagen sich näherte, hätte sie ihn fast nicht bemerkt. Sie kauerte auf einem großen Felsblock, ein Stück abseits von der Zufahrt, sodass man sie weder vom Hotel noch von der Straße aus sehen konnte. Obwohl es inzwischen auch noch zu nieseln begonnen hatte, war sie eingenickt.

Im letzten Moment riss sie das Motorengeräusch aus dem Dämmerschlaf. Ein großer Mercedes glitt langsam durch die Nacht, vor der Einfahrt hielt er an.

„Hannes!“ Hannah sprang auf und begann hektisch zu winken.

Hoffentlich war das auch wirklich Hannes in dem Wagen und nicht ein später Hotelgast. Oder Andreas Petersen, der nach seiner Frau und ihrem Liebhaber suchte.

Das Fenster auf der Beifahrerseite fuhr nach unten.

„Hannah! *Thank god!* Wir haben dieses blöde Hotel zuerst nicht gefunden!"

„Sue! Was machst du denn hier?"

„Hannes hat uns Bescheid gesagt. *O my god*, was machst du nur für Sachen? *You're all wet!* Steig schnell ein."

Hannah kletterte auf den Rücksitz, neben Hannes, der sie umarmte, als wäre es die natürlichste Sache der Welt. Es war ja auch die natürlichste Sache der Welt. Hannah war plötzlich nicht mehr kalt. Sie hatte ein wohlig warmes Gefühl im Bauch, das sich rasch in ihrem ganzen Körper ausbreitete.

„Alles okay?", fragte Stefan Müller, während er den Wagen rückwärts auf die Straße setzte.

„Alles in Ordnung", erwiderte Hannah. Dann begann sie wieder zu weinen. Aber diesmal aus Erleichterung.

Sie fuhren zur Sunshine Ranch, wo Sue erst mal Kakao kochte.

„Meine Eltern!", fiel es Hannah plötzlich wieder ein. „Die haben bestimmt schon die Polizei alarmiert."

„Hätten sie", sagte Stefan. „Wenn Sue nicht vorhin bei ihnen angerufen hätte. Sie hat ihnen gesagt, dass es eine spontane Feier auf der Sunshine Ranch gibt und ihr alle hier übernachtet."

„Deine Eltern haben sich richtig gefreut über die

Party", ergänzte Sue und stellte die dampfenden Tassen auf den Tisch. „Du seist viel zu verbissen in letzter Zeit, meinte deine Mutter."

Hannah seufzte. „Das ist ja jetzt vorbei." Dann fiel ihr ein, dass Sue noch gar nicht wusste, dass sie am Sonntag nicht antreten wollte.

„Also", sagte Stefan. „Jetzt mal alles von Anfang an. Was ist heute Abend geschehen?"

Diesmal ging es besser. Hannah begann mit dem Liebesbrief in Myriams Mäppchen, sie erzählte von ihrer verpatzten Reitstunde, dem heimlichen Besuch in der Kingsize Ranch, dem falschen und dem richtigen Pattern und beendete ihren Bericht mit der nächtlichen Autofahrt.

„Wow", sagte Sue, als sie fertig war. „Das ist ja eine richtige Verschwörung."

„Aber so ganz verstehe ich die Zusammenhänge nicht", meinte Stefan. „Förster hat also ein Verhältnis mit Heike Petersen."

„Und die beiden wollen Andreas Petersen fertigmachen. Aber wie? Das verstehe ich auch nicht", fuhr Hannes fort.

„Zuerst hat er dich systematisch aufgebaut", sagte Sue nachdenklich. „Und dann, kurz vor dem Turnier, gibt er dir das falsche Pattern."

„Hinter diesem fiktiven Liebesbrief stecken die beiden bestimmt auch", ergänzte Stefan. „Sie haben es darauf angelegt, Hannah zu verunsichern. Damit sie die Nerven verliert. Und das Turnier."

„Ist ihnen ja auch gelungen", meinte Hannah zerknirscht.

„Aber warum so kompliziert?", fragte Hannes. „Warum hat Uwe dich stark gemacht, wenn er dich am Ende wieder zerstören wollte?"

„Es geht nicht um die Mädchen. Es geht um Geld, hat Uwe gesagt", murmelte Hannah.

„Mann!", rief Stefan so laut, dass alle zusammenzuckten. „Klar! Es geht um Wetten! Das ist es!"

Das Turnier

„Hannah und Myriam sind beide völlig unbekannt in der Turnierszene“, erklärte Stefan, nachdem er seine leere Kakaotasse gegen ein volles Rotweinglas getauscht hatte. „Keiner weiß etwas über euch, weil ihr noch nie zuvor angetreten seid. Also, jedenfalls nicht ernsthaft. Deshalb wurdet ihr ausgesucht. Förster hat mit Hannah trainiert und Heike Petersen hat ihren Mann überredet, dass er ihr Myriam überlässt.“ Er hob die Hand und fuhr fort, bevor Hannes etwas fragen konnte. „Bei der Vorausscheidung letzten Monat wurde Hannah unheimlich gepusht. Bestimmt hat Förster vorher schon seine Kontaktleute bei der Presse informiert und den Reportern vorgeschwärmt, wie toll sie ist. Vielleicht hat er sogar ein paar Preisrichter bestochen, dass sie Hannah auf Platz 1 ihrer Empfehlungsliste setzen. Myriam dagegen wurde von Heike angewiesen, so schlecht wie möglich zu reiten. Sie hat es gerade noch in die Auswahl geschafft.“

„Ich frage mich bloß, warum sie sich darauf eingelassen hat“, murmelte Sue.

„Keine Ahnung." Stefan zuckte mit den Schultern. „Aber ich hab mir sagen lassen, dass Heike Petersen unheimlich überzeugend sein kann."

„Ich verstehe immer noch nicht, was das Ganze sollte", sagte Hannah verständnislos.

„Ist doch ganz klar!", rief Hannes. „Nach der Vorausscheidung warst du der absolute Favorit und Myriam der totale Außenseiter. Wenn nun jemand im Wettbüro große Mengen Geld auf Myriams Sieg setzt und sie das Turnier wider Erwarten gewinnt, dann hat dieser mutige Jemand richtig viel Asche verdient."

„Du meinst also, Uwe und Heike haben auf Myriam gewettet?"

„Bingo", nickte Hannes. „Und nicht zu knapp. Wenn sie gewinnt, dann sind sie reich. Danach kauft Heike ihrem Mann seinen Anteil der Ranch ab, lässt sich von ihm scheiden und lebt zusammen mit Uwe glücklich und zufrieden bis ans Ende ihrer Tage ..."

„... und wenn sie nicht gestorben sind, betrügen sie noch heute", schloss Stefan.

„Aber damit das passiert, muss Myriam erst mal gewinnen", sagte Sue.

„Sie wird gewinnen", meinte Hannah düster. „Ich hab sie heute Abend beim Training gesehen. Sie reitet einfach fantastisch."

„Nein", widersprach Sue. „Sie wird nicht gewinnen. Du wirst gewinnen, Hannah."

Dann redeten sie alle drei auf Hannah ein. *Natürlich trittst du an, das ist doch keine Frage, du schaffst das, wir glauben an dich, du bist toll, du bist die Größte.*

„Das ist absoluter Quatsch!“, rief Hannah schließlich. „Ich hab nicht die Spur einer Chance. Myriam ist perfekt und ich kenn noch nicht mal das Pattern, das ich beim Turnier reiten soll.“

„Das ist doch das geringste Problem“, erklärte Stefan. „Ich ruf morgen Früh in Aachen an und lass es mir rüberfaxen.“

„Aber dann hab ich nur noch einen Tag zum Üben“, wandte Hannah ein. „Das pack ich nie und nimmer.“

„Falsch“, meinte Stefan. „Du hast überhaupt keine Zeit mehr zum Üben. Ich muss Acapulco nämlich am Vormittag nach Aachen bringen, damit er sich vor dem Turnier noch an die neue Umgebung gewöhnen kann.“

„Na also.“ Hannah biss sich auf die Lippen. „Vergiss es.“

„Du hast vorhin selbst gesagt, dass das Pattern gar nicht so schwer ist“, erklärte Hannes. „Die einzelnen Übungen kannst du im Schlaf. Du musst die Abfolge nur auswendig lernen, dann reitest du das mit links.“

„Niemals“, sagte Hannah.

„Bitte“, flüsterte Sue.

„Komm schon“, sagte Stefan. „Für die Sunshine Ranch.“

„Und wenn ich verliere?“, wisperte Hannah.

„Dann verlierst du eben", meinte Hannes. „Aber du hast es wenigstens versucht."

Es war schlimmer, viel schlimmer als bei der Vorausscheidung.

Damals war Hannah nervös gewesen. Jetzt war sie panisch. Ihre Hände waren nass vor Schweiß, ihr Puls raste, ihre Knie zitterten.

Wenn Hannes nicht gewesen wäre, wäre sie vermutlich längst in Ohnmacht gefallen. Aber er wich nicht von ihrer Seite. Er fütterte sie mit Traubenzucker und Vitamindrinks, er hielt ihre Hand, er versicherte ihr wieder und wieder, wie super sie war.

Hannah hätte ihm so gerne geglaubt, aber sie schaffte es nicht. Jetzt schaute sie zum sechsten Mal in einer Viertelstunde auf die Uhr. „Noch vierzig Minuten. Wie soll ich das bloß überstehen?"

„Da drüben ist Uwe", sagte Hannes.

Uwe. Hannahs Herzschlag wurde noch schneller. Wenn das so weiterging, würde sie gleich durchdrehen wie ein überhitzter Motor. Und aus den Ohren rauchen.

Uwe lehnte lässig an dem Gitter, das die Zuschauertribüne vom Reitplatz trennte. Er hatte Hannah nicht gesehen, weil er genau in die andere Richtung blickte. Am Haupteingang der Halle standen Heike und Myriam. Myriam trug ihr dunkles Haar offen. Glänzend fiel es auf ihr leuchtend grünes Westernhemd. Ihr Gesicht, ihre Haltung, ihr ganzes Wesen strahlten Selbstvertrauen aus. Ob Heike ihr das Outfit ausgesucht und geschenkt hatte, so wie Hannah bei der Vorausscheidung das rote Hemd von Uwe bekommen hatte? Auf jeden Fall sah Myriam einfach super aus.

„Komm", sagte Hannes und zog Hannah am Ärmel in Richtung Seitenausgang. „Die müssen dich noch nicht sehen. Und ein bisschen frische Luft wird dir guttun."

Hannah nickte schwach.

Sobald sie die stickige, überfüllte Halle verlassen hatten, ging es ihr tatsächlich besser.

„Uwe weiß doch längst, dass ich antrete", meinte Hannah. „Mein Name steht schließlich auf der Teilnehmerliste. Und das, nachdem er mich gestern persönlich abgemeldet hat."

„Vielleicht hält er das für einen Irrtum. Er rechnet bestimmt nicht damit, dass Sue dich wieder angemeldet hat."

„Wenn es nur schon vorbei wäre", murmelte Hannah.

Sie setzten sich unter einen Baum auf die Wiese. Hannah zupfte Gänseblümchen und ordnete die weißgelben Blüten zu einer Schlangenlinie. Wie es Myriam jetzt wohl ging? Ob sie ebenfalls aufgeregt war, zumindest ein bisschen? Vorhin in der Halle hatte sie absolut cool ausgesehen. Myriam war ja auch vor Klassenarbeiten niemals nervös. „Ich weiß eben, was ich kann", sagte sie immer.

Und ich weiß nur, was ich nicht kann, dachte Hannah.

„Sollen wir das Pattern noch mal durchgehen?", fragte sie laut.

„Nicht nötig." Hannes schüttelte den Kopf. „Es ist da drin." Er klopfte mit dem Zeigefinger gegen ihre Stirn. Das stimmte.

Sie hatte das Pattern am Vortag nur kurz angeschaut und direkt abgespeichert. Das verdankte sie Uwe. In seinen ersten Reitstunden hatte er sie so viele Patterns einstudieren und auswendig lernen lassen, dass es jetzt nur noch eine Frage von Minuten war, bis sie sich eine Übungsabfolge eingeprägt hatte. Aber trotzdem.

„Ich hab solche Angst", flüsterte Hannah.

Hannes lächelte. „Ich hab früher vor meinen Turnieren immer so ein Spiel gemacht. Hab ich mir damals selbst ausgedacht. Es ist ziemlich albern, aber bei mir hat es funktioniert."

„Und wie ging dieses Spiel?"

„Ich hab meine linke Hand geballt, so." Er schloss seine Linke zur Faust. „Und dann die Augen zugemacht. Und dabei hab ich mir etwas Wunderschönes vorgestellt."

„Und was war das?", wollte Hannah wissen.

Hannes schüttelte den Kopf. „Das verrat ich nicht. Ist eh egal, weil für jeden Menschen andere Dinge schön sind."

„Okay. Und dann?"

„Wenn ich dann beim Turnier Angst bekam oder nervös wurde, hab ich die Faust wieder geballt. Und dann kam dieses Gefühl zurück." Er grinste. „Klingt total bescheuert, was?"

„Kann man so sagen."

Er zuckte mit den Schultern. „Mir hat's jedenfalls geholfen."

Hannah zögerte. „Ich kann's ja mal ausprobieren."

Sie ließ Hannes nicht los, während sie ihre linke Hand zur Faust ballte.

Dann schloss sie die Augen. Und nun? Was sollte sie sich vorstellen? Etwas Wunderschönes.

Es dauerte ein paar Sekunden, dann wusste sie, wie ihr Traum aussah.

„Hey", sagte Hannes leise und drückte ihre Hand. „Ich glaube, wir sollten mal langsam wieder rein."

„Was?" Hannah öffnete verwirrt die Augen.

„In zehn Minuten beginnt das Turnier."

Sie sprang auf. „Ach du Schreck!"

„Keine Panik. Geht es dir besser?"

Sie runzelte die Stirn. Ja, es ging ihr wirklich viel besser als vorher. Die Aufregung war nicht weg, aber sie loderte nicht mehr wild und unkontrolliert, sondern flackerte nur noch. „Dein Spiel hat funktioniert. Danke für den Tipp."

Sue hatte Acapulco bereits gesattelt und aufgezäumt. „Willst du hier hinten mit ihm warten, bis ihr an der Reihe seid, oder möchtest du die anderen Reiter sehen?", fragte sie Hannah.

„Ich warte hier", sagte Hannah. Sie hatte die Startnummer 6. Das bedeutete, dass sie als eine der Ersten dran war. Zum Glück.

„Wenn es okay ist, lasse ich dich hier mit Hannes zurück", sagte Sue. „Ich würde gerne zuschauen. *I'm really curious.*"

„Myriam startet als Zwölfte", sagte Hannes. „Ich hab ihren Namen auf der Anzeigentafel gelesen."

Aber Hannah hörte gar nicht richtig zu. Sie hielt ihre Augen geschlossen und hatte die Linke zur Faust geballt.

„Nummer 6: Hannah Hoffmann." Ihr Name drang über den Lautsprecher durch die ganze Halle. Spätestens jetzt wüssten Uwe und Heike Bescheid, dass Hannah wirklich antrat. Wie sie wohl reagierten? Uwes Miene war bestimmt undurchdringlich. Und Heike lächelte wahrscheinlich wieder ihr bezauberndstes Lächeln. *Möge die Bessere gewinnen.* Hahaha.

Acapulco schnaubte freudig, als Hannah sein Halfter ergriff, um ihn auf den Reitplatz zu führen. Als ob er es kaum noch erwarten könnte.

„Toi, toi, toi!“, sagte Hannes. Er spuckte dreimal über Hannahs Schulter, dann küsste er sie auf beide Wangen und zum Schluss auf den Mund.

„Danke.“ Hannah schloss ein letztes Mal die Augen. Dann öffnete sie sie wieder und holte tief Luft. Jetzt ging es los.

Am Anfang rutschte Hannah vor Aufregung fast aus dem Sattel. Nachdem sie auf den Platz geritten war, hielt sie Acapulco an, um die Jury zu grüßen. Aber ihr Herz galoppierte einfach weiter.

Die Preisrichter saßen auf erhöhten Plätzen in der ersten Reihe. Hannah nickte ihnen kurz zu, während sie die Linke zur Faust ballte. Es wirkte. Sie fühlte sich augenblicklich ruhiger.

Nichts kann dir geschehen, Hannah!, hörte sie Hannes wieder sagen.

Lächelnd lenkte sie Acapulco auf die Startposition und rief sich gleichzeitig das Pattern ins Gedächtnis.

Im Trab ging es über ein kompliziertes Geflecht aus Stangen, von links nach rechts und dann wieder zurück. Danach kam eine einzelne Stange. Nachdem Acapulco darübergesetzt hatte, beschleunigte Hannah das Tempo. Er galoppierte über fünf Stangen, die in unregelmäßigen Abständen auf dem Boden lagen, ein weiteres Hindernis ließen sie links liegen und hielten nun auf die Stangengasse zu. Vor der hinteren Begrenzung blieb Acapulco stehen und verharrte einen Moment bewegungslos, bis Hannahs Schenkel ihm das Zeichen gaben, langsam zurückzugehen.

Während Hannah den Appaloosa wieder zum Galopp brachte, fiel ihr Blick auf Uwe. Er saß direkt neben den Preisrichtern, das Kinn auf die Hände gestützt, der Gesichtsausdruck schwer zu deuten. Hannah ballte ihre Faust und schaute wieder nach vorn auf die Bahn. Mit einem Mal fühlte sie sich sehr stark und ungeheuer stolz.

Rückwärtsgerichteter Slalom, Wendung, Holzbrücke und Tor – sämtliche Übungen absolvierte Acapulco fehlerfrei und mühelos.

Als Hannah den Ausgangspunkt wieder erreichte, brandete auf den Tribünen tosender Beifall auf. Einige Leute erhoben sich sogar von ihren Plätzen, um ihr zu applaudieren. Beim Verabschieden strahlte Hannah die Wettkampfrichter an.

Und alle fünf lächelten zurück.

Unter dem Applaus des Publikums führte sie Acapulco an Uwe vorbei. Am liebsten wäre sie einfach weitergegangen, aber als sie direkt vor ihm war, zwang sie sich stehenzubleiben. Und ihn anzusehen.

Sie erwartete eigentlich, dass ihr Herz sofort wieder losrasen würde, aber es blieb ganz ruhig. Vermutlich hatte sie gerade ihren ganzen Vorrat an Adrenalin für die nächsten Wochen aufgebraucht.

Uwe erwiderte ihren Blick, ruhig und ohne zu lächeln. Dann erhob er sich langsam und begann ebenfalls zu applaudieren.

Myriam

Alle warteten sie am Ausgang der Halle: Sue, Stefan, Hannes, Hannahs Eltern und die anderen Pferdemädchen. Sogar Viktor und Jonas waren zum Turnier nach Aachen gekommen. Sie umringten Hannah, umarmten sie und jubelten, als hätte sie bereits gewonnen.

„Hört doch auf“, rief sie aufgeregt. „Ich muss zurück in die Halle. Ich will unbedingt dabei sein, wenn Myriam reitet!“

„Na klar!“, rief Tori. „Wir wollen sie auch sehen, was denkst du denn!“

„Ich kümmere mich um Acapulco“, bot Stefan an. „Geht schon, los!“

Nummer 8, Nummer 9, Nummer 10. Die Gesichter der einzelnen Teilnehmer glitten an Hannah vorbei. So sehr sie sich auch bemühte, sie konnte sich einfach nicht auf ihre Auftritte konzentrieren. Ein Junge auf einem hellbraunen Haflinger-Wallach vermasselte seinen Parcours vollkommen. In der Stangengasse begann sein Pferd zu scheuen und brach nach vorne aus, anstatt rückwärtszugehen.

„Und tschüss“, murmelte Sina.

Der Junge verließ den Reitplatz ziemlich geknickt.

„Die sind alle nicht halb so gut wie du“, meinte Juliana. „Mannomann, wer hätte gedacht, dass du eine so heiße Nummer wirst. Ich meine, das ist dein erstes Turnier, das muss man sich mal vorstellen!“

„Mein erstes und mein letztes“, sagte Hannah.

Juliana lachte, als ob es ein Scherz wäre, aber Hannes drückte Hannahs Hand. Sie erwiderte seinen Händedruck. Dieses Kribbeln in ihrem Bauch, wie von einem ganzen Schmetterlingsschwarm. Sie musste an den bescheuerten Liebesbrief denken, den sie in Myriams Mäppchen gefunden hatte. *Du wirst es als Westernreiterin noch weit bringen, da bin ich mir ganz sicher.* Wie hatte Hannah jemals annehmen können, dass Hannes das geschrieben hatte?

Als Nummer 11 startete ein dünnes Mädchen auf einer Araberstute. Sie war ziemlich gut. Aber sie machte die ganze Zeit ein verdrossenes Gesicht und wirkte irgendwie lustlos. Hannah fühlte sich an Myriams Auftritt bei der Vorausscheidung erinnert. Wie sie auf dem viel zu großen Wallach gesessen hatte und ihre Show abgezogen hatte. Das Turnier gewinnt sie auf diese Weise bestimmt nicht, hatte Uwe hinterher gesagt.

Uwe. Die Wut stieg plötzlich in Hannah hoch wie kochende Milch. Sie hatte ihm vertraut, sie hatte ihn bewundert, sie hatte ihn angebetet. Und er hatte die ganze Zeit geplant, sie fertigzumachen. Wo steckte er überhaupt? Der Platz neben der Tribüne, auf dem er vorhin noch gesessen hatte, war leer. Vielleicht war Uwe hinten im Stall bei Heike und Myriam, um ihr letzte Anweisungen für ihren Auftritt zu geben. Inzwischen hatte er ja gemerkt, dass sein mieses Doppelspiel aufgeflogen war, da brauchte er sich auch keine Mühe mehr zu geben, irgendetwas zu vertuschen.

„Startnummer 12: Myriam Frey", rief der Ansager in den Saal.

Sie hatte doch nicht alles Adrenalin aufgebraucht, stellte Hannah jetzt fest. Denn nun raste ihr Puls wieder, als müsste sie gleich selbst noch einmal auf den Reitplatz.

Myriam dagegen schien vollkommen ruhig und zeigte keine Spur von Nervosität. Stolz führte sie ihre Quarterhorse-Stute an den Wettkampfrichtern vorbei.

Auf dem Platz schwang sie sich in den Sattel. Ein hoheitlicher Gruß an die Jury. Dann ein schneller Blick zu Heike, die jetzt dort saß, wo vorhin Uwe gesessen hatte. Hannah konnte Heikes Gesicht nicht sehen, aber sie war sich sicher, dass sie engelsgleich lächelte.

„Ich hasse sie", murmelte Ayla.

Hannah ging es ganz genauso. Sie wünschte sich, dass die Stute ausschlug, sich aufbäumte und Myriam abwarf. Sie wünschte sich, dass Myriam total versagte und weinend vom Platz rannte. Sie wünschte ihr alles Pech der Welt.

Sie war meine beste Freundin, dachte Hannah erschrocken. Aber jetzt ist von unserer Freundschaft nichts mehr übrig, nur noch Neid und Hass. Wie konnte das nur passieren?

Plötzlich hatte sie Tränen in den Augen. Wie durch einen Schleier hindurch sah sie Myriam losreiten. Im Trab über die Stangen, dann der Galopp und danach die Stangengasse.

Hier verharrte die Quarterhorse-Stute ein paar Sekunden lang, genau wie es das Pattern vorschrieb. Myriam saß kerzengerade im Sattel. Ein leichtes Lächeln lag auf ihren Lippen.

Hannah musste plötzlich an einen Ausritt denken, den sie und Myriam vor einigen Jahren gemacht hatten. Es war einer ihrer ersten Geländeritte ohne Sue gewesen und sie hatten sich hoffnungslos im Wald verirrt. Irgendwann hatte Hannah zu weinen angefangen, aber Myriam hatte sie getröstet. Du musst nicht weinen, hatte sie gesagt. Wir sind doch zusammen. Und wenn du und ich zusammen sind, dann kann uns nichts passieren.

Hannahs Angst war sofort verflogen, weil sie gewusst hatte, dass Myriam Recht hatte. Nichts konnte ihnen passieren, solange sie zusammen waren.

Sie hatten Acapulco und Camilla einfach freien Lauf

gelassen, die daraufhin mühelos den Rückweg zur Sunshine Ranch gefunden hatten.

Myriams Stute hatte sich gerade fehlerlos durch die Pylone geschlängelt, einmal vorwärts und dann wieder zurück. Die 180°-Wendung vollführte sie genauso perfekt, dann galoppierte sie auf die Holzbrücke zu. Es war die letzte Übung vor dem Tor und auch diese würde Myriam glänzend absolvieren, daran gab es keinen Zweifel.

Doch dann stoppte das Quarterhorse plötzlich kurz vor der Brücke und blieb stehen. Hannah hielt den Atem an. Tori beugte sich nach vorn. Ayla stöhnte vor Aufregung. „Sie verweigert die Brücke“, murmelte Sina.

„Aber warum tut Myriam nichts?“, flüsterte Juliana.

Myriam saß einfach nur da und blickte ins Publikum. Sie schaute zu Heike, die aufstand und beide Arme hob, als wollte sie Myriam beschwören oder verzaubern. Vergebens. Myriam schwang ein Bein über den Rücken der Stute und sprang auf den Boden. Dann griff sie seelenruhig nach dem Halfter und führte das Pferd vom Turnierplatz.

Ihr Auftritt war beendet.

„Nachdem du geritten bist, hat sie gemerkt, dass sie keine Chance hat“, erklärte Tori. „Deshalb hat sie aufgegeben.“

„Vielleicht hat sie einfach die Nerven verloren", mutmaßte Sina.

Auch in den Reihen vor und hinter ihnen spekulierten die Zuschauer lautstark darüber, warum Myriam den Parcours abgebrochen hatte. Die Reiter, die jetzt an der Reihe waren, fanden kaum noch Beachtung.

Hatte Myriam den Mut verloren? Hatte sie in einem totalen Blackout das Pattern vergessen? Was war nur in sie gefahren?

„*I'm really worried about her*", murmelte Sue, als sich die Jury nach dem letzten Wettkampfbeitrag zur Beratung zurückzog und sie aufstanden, um die Reithalle zu verlassen. „Ich mache mir Sorgen. Myriam hat sich so verändert, seit sie bei diesen Idioten trainiert."

„Ach was!", tönte Tori. „Sie hat sich überhaupt nicht verändert. Sie ist ganz genauso, wie sie immer schon war. Wenn sie nicht die Erste sein kann, dann scheidet sie lieber ganz aus."

„Was meinst du?", fragte Hannah Hannes, der neben ihr ging. „Glaubst du, sie ist ausgestiegen, weil sie Schiss hatte?"

Er zuckte mit den Schultern. „Ich kenn sie ja nicht so gut. Viel weniger als du jedenfalls. Aber ich denke nicht, dass sie es aus Angst getan hat. Es war eher Mut."

Hannah wollte gerade antworten, aber im selben Moment entdeckte sie Myriam am Ausgang der Reithalle. Sie redete mit ihren Eltern.

Herr Frey, der sehr groß war, stand leicht vornübergebeugt vor seiner Tochter. „Kannst du mir bitte mal erklären, was das soll, Myriam?", hörte Hannah ihn fragen. Sie ging unwillkürlich langsamer, um die Antwort nicht zu verpassen, und dabei fing sie plötzlich Myriams Blick auf.

Einen Moment lang sahen sich die beiden Mädchen schweigend an.

„Was ist denn nun, Myriam?", fragte Herr Frey gereizt.

Myriam schüttelte traurig den Kopf.

Am liebsten wäre Hannah zu ihr hingegangen, hätte ihren Arm um ihre Schultern gelegt und sie mit sich weggeführt. *Wenn du und ich zusammen sind, dann kann uns nichts passieren.*

Aber inzwischen hatten die anderen bemerkt, dass Hannah zurückgeblieben war, und riefen nach ihr. Da gab Hannah sich einen Ruck, riss sich von Myriams Blick los und ging weg.

Hannahs Mutter hatte ein Fotoalbum angelegt, in das sie alle Zeitungsausschnitte, Berichte, Bilder und Artikel eingeklebt hatte. Das erste Blatt zierte eine Kopie der Siegerurkunde. „Hannah Hoffmann. Platz 1 im Trail, Aachener Westernturnier."

Platz 1. Wenn Hannah heute darüber nachdachte, erschien es ihr bereits wie ein Traum, obwohl seit ihrem

Sieg gerade einmal drei Wochen vergangen waren. Die Preisverleihung durch die Jury, der Jubel der anderen, Sues Freudentränen und Hannes' Umarmung. Danach das große Fest, das Sue auf der Sunshine Ranch für Hannah gegeben hatte. Bis tief in die Nacht hatten sie ihren Erfolg gefeiert. Bis schließlich Frau Fischer im Nachthemd auf der Ranch aufgetaucht war und mit der Polizei gedroht hatte, falls nicht augenblicklich Ruhe herrschte.

Seit diesem Abend waren Sue und Stefan ein Paar. Bestimmt waren sie auch vorher schon zusammen gewesen, aber in der Nacht der Siegesfeier hatte Sue es den Pferdemädchen erzählt. Und sogar Hannah musste zugeben, dass Stefan viel besser zu der Ranchbesitzerin passte als der eifersüchtige Robert.

An diesem Abend hatte Hannah den anderen auch erklärt, dass sie nie wieder ein Turnier reiten würde. „Es reicht. Ich hab vielleicht Talent, aber keine Nerven. Ein zweites Mal steh ich das nicht durch."

„Ich auch nicht! Auf Hannah!" Sue hatte ihr Glas so schwungvoll nach oben gerissen, dass sie die Hälfte ihrer Cola auf Heinrich geschüttet hatte. Washington hatte sich voller Begeisterung darangemacht, seinen Freund zu reinigen. „Hipp, hipp, hurra!"

Hannes hatte nur still gelächelt. Aber Hannah wusste genau, dass er sich am meisten über ihre Entscheidung freute. Seit dem Turnier hatte Hannah keine Reitstunde mehr genommen. Stattdessen ritten sie und Hannes gemeinsam aus, sie putzten die Pferde, spielten mit den Hunden und gingen Eis essen.

Hannah klebte ein Pressefoto ins Album, das sie und Acapulco bei der Preisverleihung zeigte. Der Reporter hatte dem Pferd die Medaille um den Hals gehängt. Auf dem Foto starrte der Appaloosa zu Boden, als ob er sich über diese Albernheit schämte.

Im Hintergrund des Bildes sah man Heike Petersen, das fiel Hannah jetzt zum ersten Mal auf. Ausnahmsweise lächelte sie nicht, sondern sah ziemlich fertig aus. Immerhin war ihr kurz vor der Aufnahme bewusst geworden, dass sie ihr ganzes Vermögen verloren hatte. Und ihren Liebhaber dazu.

Denn Uwe Förster hatte nach dem Turnier die Stadt verlassen. „Ich habe mich entschlossen, ein Jobangebot in North Dakota, USA, anzunehmen“, hatte er Hannah noch geschrieben. „Ich danke dir für dein Verständnis. Was ich getan habe, tut mir leid. Wahrscheinlich glaubst du mir kein Wort, aber es stimmt. Ich schäme mich zutiefst für mein Verhalten.“

Ich danke dir für dein Verständnis, schrieb er, weil Hannah ihn und Heike nicht angezeigt hatte. „Wir können den beiden eh nichts nachweisen“, hatte sie Sue erklärt. „Und im Grunde sind sie gestraft genug.“

Jetzt war sie froh und erleichtert über den Entschluss. Denn heute Morgen war in der Zeitung zu lesen gewesen, dass die Kingsize Ranch wieder schließen würde. Es war eine kurze Notiz, ohne irgendeine Erklärung. Vielleicht hatte Heike Petersen nicht nur ihr eigenes Geld, sondern auch das ihres Mannes auf Myriams Sieg gesetzt. Oder Petersen hatte davon erfahren, dass Heike ihn mit Uwe betrogen hatte.

„Ist ja auch egal", murmelte Hannah jetzt. „Hauptsache, das Kapitel ist abgeschlossen."

Unter Uwes Brief hatte noch ein P.S. gestanden. „Auf eine Sache bin ich nach wie vor stolz", hatte er geschrieben. „Dass ich von vornherein erkannt habe, was in dir steckt. Und dass es mir gelungen ist, dein Talent zum Vorschein zu bringen. Ich wünsche dir viel Glück, Hannah."

Ein Klopfen an der Tür. „Herein?" Hannah hob erwartungsvoll den Kopf.

„Besuch für dich!" Ihre Mutter steckte den Kopf durch den Spalt.

Das war bestimmt Hannes. Hannah klappte das Album zu und ließ es hastig in ihrem Schreibtisch verschwinden. Sonst kam er womöglich noch auf den Gedanken, dass es ihr leidtat, dass sie ihre Turnierkarriere so schnell wieder beenden wollte.

„Hi."

Das war nicht Hannes' Stimme. Hannahs Kopf schoss zur Tür.

Es war Myriam.

„Ich dachte, ich schau mal vorbei", sagte Myriam und knetete dabei so nervös ihre Finger, als ob Hannah der Schuldirektor wäre, der sie beim Rauchen auf dem Klo erwischt hätte.

„Okay." Hannah räusperte sich zweimal.

Seit Myriams spektakulärem Abgang beim Westernturnier hatten sie nicht mehr als ein paar belanglose Worte gewechselt.

Hannah war Myriam aus dem Weg gegangen, weil sie sich nicht sicher war, wie Myriam reagieren würde, wenn sie sie auf das Turnier ansprechen würde. Und Myriam war Hannah ebenfalls aus dem Weg gegangen. Aber jetzt war sie hier.

„Hast du es schon gehört?", fragte Myriam. „Die Kingsize Ranch macht zu."

Hannah nickte.

Myriam trat von einem Bein auf das andere.

„Setz dich doch", sagte Hannah und zeigte auf ihr Bett. Hier hatten sie früher stundenlang gesessen, Musik gehört und über alles gequatscht, was sie beschäftigte.

Myriam setzte sich vorne auf die Bettkante, so als wollte sie jeden Moment wieder aufspringen.

„Kommst du jetzt ... äh ... willst du vielleicht wieder in Sunshine anfangen?", fragte Hannah.

Myriam zuckte mit den Schultern. „Ich weiß noch nicht. Sue will mich vielleicht gar nicht mehr haben.

Und ihr seid wahrscheinlich auch total genervt, wenn ich da aufkreuze."

„Du kennst doch Sue", sagte Hannah. „Und die anderen auch. Wir freuen uns total, wenn du wiederkommst."

Myriam lächelte schief. „Das ist lieb von dir." Natürlich glaubte sie ihr kein Wort. Sie wusste genauso gut wie Hannah, dass es sehr lange dauern würde, bis alles wieder so wäre wie früher.

„Hast du von Anfang an gewusst, was Heike und Uwe vorhaben?", fragte Hannah. „Das mit der Wette und so?"

Myriam runzelte die Stirn. „Ich wusste immer ein bisschen mehr als du. Dass Uwe und Heike gemeinsame Sache machen und dass es bei der Vorausscheidung so aussehen sollte, als ob eine von Sunshine total überlegen ist. Beim Turnier sollte ich dann zeigen, was ich kann, und gewinnen. Ich dachte aber, dass Tori gegen mich antritt. Erst bei der Qualifikation hab ich herausgefunden, dass du reitest. Das hat mich total umgehauen. Und du hast so super ausgesehen, dass mir ganz anders geworden ist."

„Bei dir war es gerade andersrum", sagte Hannah. „Wir waren alle total erschrocken, als wir dich gesehen haben."

„Das war ja auch der Plan", nickte Myriam. „Ich habe die ganze Woche vorher meine Haare nicht gewaschen und Heike hat mir dunkle Schatten unter die Augen gemalt. Und dann dieses scheußliche Outfit. Ich sollte möglichst fertig aussehen."

„Wegen der Wette."

„Ja, aber das wusste ich damals noch nicht. Mir hat Heike erzählt, dass sie das aus taktischen Gründen machen. Erst tief stapeln und dann ein hinreißender Turnierauftritt. Mein Vater fand die Strategie gut, also hab ich mitgespielt."

„Kann ich mir vorstellen, dass dein Vater das gut fand."

Myriam nickte unglücklich. „Jetzt ist er total sauer auf mich. Weil ich mich beim Turnier so kindisch aufgeführt habe."

„Du warst nicht kindisch", sagte Hannah. „Sondern mutig."

Myriam lächelte ein ganz vorsichtiges Lächeln, das aber sofort wieder verschwand. „Ich hab mich dir gegenüber so fies verhalten", sagte sie leise. „Das mit Hannes ..."

„Der Liebesbrief", fiel Hannah ihr ins Wort. „Hast du den geschrieben?"

„Nee, das war Heike." Natürlich, wer sonst. „Wir wollten dich verunsichern."

„Ist euch gelungen. Jedenfalls am Anfang." Plötzlich kam Hannah ein anderer Gedanke. „Das mit dem Eis bei Alberto. War das etwa auch inszeniert?"

„Natürlich. Uwe hat mich angerufen und mir erzählt, dass du dich in einer halben Stunde mit Hannes in der Eisdiele treffen wolltest. Also bin ich vorher dorthin und hab mich zu ihm gesetzt. Am Anfang war er ganz misstrauisch, aber dann wurde er lockerer."

„Das habe ich gesehen", sagte Hannah finster.

„Es war nicht so, wie du glaubst", wehrte Myriam ab. „Hannes hat die ganze Zeit nur von dir geredet. Er war damals schon total verknallt in dich."

Hannah wurde rot. „Warum hat er dann mit dir geflirtet?"

„Hat er gar nicht. Wir haben Eis gegessen. Und als ich dich gesehen habe, hab ich einen auf verliebt gemacht. Während Hannes mir vorgeschwärmt hat, wie cool er dich findet."

Hannah lachte. Wie dumm sie gewesen war! „Und das mit der Wette? Wann hast du das rausgekriegt?", erkundigte sie sich dann.

„Einen Tag vor dem Turnier. Mein Vater hat mich draufgebracht. Der hatte das natürlich schon viel länger durchschaut."

„Und? Hat er sich nicht aufgeregt, dass die dich so benutzt haben?"

„Nee. Er hat selbst Geld auf mich gesetzt." Myriam verzog das Gesicht. „Allerdings keine Unsummen wie Heike und Uwe. Die beiden haben sich total ruiniert, weil sie sich so verdammt sicher waren. Mein Vater ist da vorsichtiger. Nach dem Turnier war er aber trotzdem sauer."

„Kann ich mir vorstellen."

Sie schwiegen beide einen Moment lang. „Das wollte ich dir nur sagen", meinte Myriam dann. „Jetzt muss ich wieder los. Ist ja schon spät."

Sie wollte aufstehen, aber Hannah hielt sie zurück. „Halt, warte. Ich muss dir auch noch was sagen."

„Was denn?"

„Vor dem Turnier war ich so aufgeregt, dass ich fast durchgedreht bin. Und da hat Hannes mir einen Trick verraten. So ein komisches Gedankenspiel." Sie erzählte Myriam von der geballten Faust, die einen an etwas Schönes erinnern und dadurch beruhigen sollte.

„Hat ja offensichtlich geklappt", meinte Myriam. „Du bist wirklich super geritten."

„Hast du mir zugeschaut?"

„Klar. Und was hast du dir vorgestellt? Dass Hannes dich küsst?"

Hannah schüttelte lächelnd den Kopf. „Ich hab mir vorgestellt, dass wir wieder zusammen ausreiten. Ich meine: du und ich. Dass wir morgens gemeinsam zur Schule fahren und nebeneinander sitzen und dass du mir mit meinen Französischhausaufgaben hilfst. Dass wir wieder Freundinnen sind. Das hab ich mir vorgestellt." Hannahs Stimme war immer leiser geworden. Die letzten Worte waren nur noch ein Flüstern.

Sie wartete darauf, dass Myriam etwas erwiderte, aber Myriam schwieg. Sie schob nur ihre Hand in Hannahs Hand.

„Ich wäre auch gerne wieder deine Freundin, Hannah“, flüsterte sie schließlich.

„Weißt du noch, was du mal zu mir gesagt hast?“, fragte Hannah. „Ist schon ein paar Jahre her, aber ich hab es nicht vergessen.“

„Was hab ich denn gesagt?“, fragte Myriam.

„Wenn du und ich zusammen sind, dann kann uns nichts passieren“, sagte Hannah.

„Ja, daran erinnere ich mich“, sagte Myriam und lächelte. „Und weißt du was? Es stimmt.“

LESEPROBE

„Sina auf heißer Spur“
Band 1 der „Sunshine Ranch“
von Luzie Bosch
ISBN 978-3-473-40401-8

Als Sina ihr Fahrrad aus dem Ständer schob, hörte sie Sues Stimme.

„*You must be joking!*“ Immer wenn die Ranchbesitzerin aufgeregt oder wütend war, fiel sie in ihre Muttersprache zurück. Und jetzt musste sie fuchsteufelswild sein, das merkte man daran, dass auch ihr Deutsch wie Amerikanisch klang. „Das kann doch nicht Ihr Ernst sein. Von wem haben Sie denn einen solchen Blödsinn?“

„Nun beruhigen Sie sich doch bitte“, entgegnete eine Männerstimme, die Sina nicht kannte. „Wir sind ganz bestimmt nicht hier, um Sie zu ärgern. Aber wir müssen jedem Hinweis nachgehen.“

„Tierquälerei!“, keuchte Sue. „Wie können Sie es wagen, mir so etwas vorzuwerfen! Ausgerechnet mir. *That's just ridiculous!*“

Tierquälerei? Das war tatsächlich absurd. Sue liebte Tiere über alles. Sie brachte es nicht einmal übers Herz, eine Kellerassel zu töten. Einmal hatte Sina sie dabei beobachtet, wie sie eine halb erfrorene Wespe so lange angehaucht hatte, bis sie wieder weiterfliegen konnte.

Die Stimme der Ranchbesitzerin kam aus dem offenen Bürofenster. Davor hatten sich die Reitermädchen versammelt und lauschten.

Die Reitermädchen, das waren Tori, Juliana, Hannah, Ayla, Myriam – und Sina natürlich. Vormittags gingen sie in die Klasse 7a des Friederike-Fliedner-Gymnasiums, nachmittags trafen sie sich auf der Sunshine Ranch. Jede von ihnen hatte ein Pflegepferd, für das sie ganz allein zuständig war, das sie ausritt, fütterte und versorgte.

„Ohne euch könnte ich die Ranch zumachen“, sagte Sue immer. „Ich würde die Arbeit ja nie und nimmer alleine schaffen.“

Das war natürlich übertrieben. Sue war nicht allein. Sie hatte Mike, einen ausgebildeten Reitlehrer und Pferdepfleger, der sich auch um alle anderen Tiere kümmerte. Denn auf der Sunshine Ranch gab es nicht nur zehn Pferde, sondern auch Gänse, Enten, Hängebauchschweine, Hühner, eine Ziege und einen Esel. Und Washington, den riesigen Neufundländer, der immer im Weg herumstand. Wie jetzt, als Sina über den Hof zu den anderen Mädchen rannte.

„Was ist denn los?“, fragte sie und drückte sich an dem zotteligen Hund vorbei.

„Schschsch!“, machten die anderen.

„Sue hat Ärger“, erklärte Tori mit gesenkter Stimme. „Mit der Polizei.“

„Mit der ... was?“

„Schsch!“, machte Tori noch einmal, obwohl Sina ganz leise gesprochen hatte.

„Ich bestehe darauf, zu erfahren, wer mich angezeigt hat!“, donnerte Sue im Büro.

„Die Anzeige war anonym, das sagte ich doch bereits“, erwiderte der Polizeibeamte geduldig. „Wir haben natürlich keinen Durchsuchungsbeschluss, aber wenn Sie uns freiwillig einen Einblick in die Räumlichkeiten gewähren, könnten wir die Angelegenheit vermutlich sehr schnell klären.“

„*You're welcome!*“, herrschte Sue ihn an. „*I've got nothing to hide.*“

„Sie hat nichts zu verbergen“, übersetzte Tori, die keine Gelegenheit ausließ, mit ihren Englischkenntnissen zu protzen. Als ob die anderen den Satz nicht auch ohne sie verstanden hätten!

Die Pferdemädchen wichen zurück. Sue stürmte mit hochrotem Kopf aus dem Büro. Zwei atemlose Polizeibeamte folgten ihr.

„Kommen Sie, worauf warten Sie noch?“, rief Sue den Männern über die Schulter zu und stolperte dabei fast über Washington. Es war wirklich erstaunlich, wie der Hund es schaffte, immer genau dort zu stehen, wo man ihn gerade nicht brauchen konnte.

Sue hastete über den Hof zum Stall, die Polizisten eilten hinterher und die sechs Freundinnen folgten neugierig.

„Sehen Sie? Alles in bester Ordnung." In der Stallgasse breitete Sue beide Arme aus wie eine Sängerin auf einer Showbühne. Allerdings waren alle Boxen leer. Nur Janko hatte seinen Kopf tief in die Futterkrippe gesenkt und malmte Heu.

„Wo sind denn die Tiere?" Der kleinere Beamte strich sich irritiert über den Schnurrbart.

„Auf der Weide, wo sonst?", gab Sue zurück. „Oder soll ich sie bei diesem Wetter etwa im Stall lassen?"

Der Polizist hob entschuldigend die Hände. Sue stürmte aus dem Stall, die rotblonden Locken wehten hinter ihr her wie Flammen.

Die beiden Beamten wechselten einen Blick. Der Größere zuckte mit den Schultern. Bloß nicht reizen, sagte sein Gesichtsausdruck. Dann wollte er Sue folgen und stolperte über Washington.

„Verdammt! Kann mal jemand dieses Kalb an die Leine nehmen?" Er starrte die Pferdemädchen so drohend an, als wollte er sie allesamt verhaften.

Ayla zog den Hund am Halsband aus dem Weg und streichelte ihm über den Kopf. „Sei schön brav, Washington. Sonst machst du alles nur noch schlimmer."

Washington wedelte freundlich und ließ sich direkt vor dem Stallausgang fallen, sodass die Mädchen über seinen Rücken steigen mussten, um nach draußen zu kommen.

Die Prozession führte hinunter zur Weide, wo neun wohlgenährte, zufriedene Pferde und ein kleiner Esel grasten, in die Sattelkammer, die ausnahmsweise einmal aufgeräumt war, durch die Scheune in den Schuppen und schließlich in die Futterkammer.

Dort wurden die beiden Polizeibeamten fündig.

„Was ist das denn?“, fragte der Schnurrbart und zeigte angewidert auf die Schimmelschicht, die auf dem Sack mit dem Pferdemüsli wucherte wie Moos.

„Das Futter ist verdorben“, konstatierte sein Kollege und zückte sein Notizbuch.

„*That's impossible!*“ Sue blickte zuerst auf das Futter, dann starrte sie die Pferdemädchen an. Die Pferdemädchen starrten genauso fassungslos zurück.

Ravensburger Bücher

Rettet die Sunshine Ranch!

Luzie Bosch

Sina auf heißer Spur

Sunshine Ranch, Band 1

Sina verbringt jede freie Minute auf der Sunshine Ranch. Pferde, Ausritte, Freunde, was will man mehr? Doch das Paradies ist in Gefahr. Irgendjemand treibt mit anonymen Anzeigen und vergiftetem Futter ein böses Spiel ...

ISBN 978-3-473-**40401**-8

RTB_14_018

www.ravensburger.de

Ravensburger Bücher

Hufspuren
und falsche Fährten ...

Luzie Bosch

Tori und die verschwundene Stute

Sunshine Ranch, Band 2

Wer hat die trächtige Stute Becky entführt? Tori und die anderen Pferdemädchen sind verzweifelt. Haben die Fußballjungs etwas damit zu tun, der zwielichtige Reitlehrer von nebenan oder gar der Pharmakonzern, der Versuchstiere sucht?

ISBN 978-3-473-**40402**-5

www.ravensburger.de

Ravensburger

RTB_14_019